闹酒桐庐

古诗选析

桐庐县文学艺术界联合会◎编著

县级古诗词翘楚

中国诗歌之乡

北京日报出版社

图书在版编目(CIP)数据

潇洒桐庐古诗选析／桐庐县文学艺术界联合会编著.

北京:北京日报出版社,2018.12

ISBN 978-7-5477-3099-7

Ⅰ.①潇… Ⅱ.①桐… Ⅲ.①古典诗歌-诗歌欣赏-

中国-文集 Ⅳ.①I207.22-53

中国版本图书馆 CIP 数据核字(2018)第 238206 号

潇洒桐庐古诗选析

出版发行:北京日报出版社

地　　址:北京市东城区东单三条 8-16 号东方广场东配楼四层

邮　　编:100005

电　　话:发行部:(010)65255876

　　　　　总编室:(010)65252135

印　　刷:成都国图广告印务有限公司

经　　销:各地新华书店

版　　次:2018 年 12 月第 1 版

　　　　　2018 年 12 月第 1 次印刷

开　　本:880 毫米×1230 毫米　1/32

印　　张:6.5

字　　数:133 千字

定　　价:45.00 元

目录

七里濑诗　　　　　　　　　1

严陵濑　　　　　　　　　　3

严陵濑诗　　　　　　　　　5

东阳还经严陵濑赠萧大夫　7

严陵祠　　　　　　　　　　9

经七里滩　　　　　　　　11

古　风　　　　　　　　　13

读后汉逸人传　　　　　　15

高士咏·严子陵　　　　　17

早秋桐庐思归示道谚上人

　　　　　　　　　　　　19

同严逸人东溪泛舟　　　　21

题严陵钓台　　　　　　　23

耶溪书怀寄刘长卿员外　25

却归睦州至七里滩下作　27

发桐庐寄刘员外　　　　　29

严公钓台作　　　　　　　31

白云源　　　　　　　　　33

题桐庐李明府官舍　　　　35

归桐庐旧居寄严长史　　　37

题严氏竹亭　　　　　　　39

桐庐山中赠李明府　　　　41

题严光钓台　　　　　　　43

自桐庐如兰溪有寄　　　　45

送施肩吾东归　　　　　　47

白云亭　　　　　　　　　49

宿桐庐馆，同崔存度醉后作

　　　　　　　　　　　　51

1

题钓台兰若	53	桐庐县作	91
七里濑渔家	55	严陵钓台	93
钓　石	57	寄方干处士	95
送徐山人归睦州旧隐	59	招　隐	97
观钓台画图	61	经严陵钓台	99
寄桐江隐者	63	钓　台	101
梦　乡	65	友人适越路过桐庐寄题江驿	
夜泊桐庐眠先寄苏台卢郎中			103
	67	晚泊富春寄友人	105
思桐庐旧居便送鉴上人	69	桐　江	107
严光钓台	71	富　春	109
题山居	73	严陵钓台	111
题钓台障子	75	钓　鱼	113
钓台怀古	77	哭方玄英先生	115
严子陵	79	题严陵钓台	117
吴门再逢方干处士	81	赠方干	119
赠处士方干	83	秋晚舟泊桐江	121
宿严陵钓台	85	题严子陵祠堂	123
春晚桐江上闲望作	87	严子陵钓台	125
严陵滩	89	潇洒桐庐郡十绝	127

过桐庐	133	题石桥	169
题子陵钓台	135	题伯时所画严子陵钓滩	171
钓　台	137	严陵怀古	173
题钓台	139	富春行赠范振	175
咏严子陵	141	登桐君祠堂	177
桐庐晚景	143	钓　台	179
清风阁即事	145	严陵滩	181
方氏故居	147	钓　台	183
留题子陵钓台	149	全宴浪石亭	185
方元英宅	151	竞秀阁	187
子陵钓台	153	泊桐庐分水港	189
严陵祠堂	155	题方干旧隐	191
题钓台	157	渔　浦	193
子陵钓台	159	舟过桐庐三首（其一）	195
方干故居	161	桐庐舟中见山寺	197
清芬阁	163	游圆通寺	199
钓　台	165		
方元英先生	167		

七里濑诗

〔南北朝〕谢灵运

羁心积秋晨，
晨积展游眺。
孤客伤逝湍，
徒旅苦奔峭。
石浅水潺湲，
日落山照曜。
荒林纷沃若，
哀禽相叫啸。
遭物悼迁斥，
存期得要妙。
既秉上皇心，
岂屑末代诮。
目睹严子濑，
相属任公钓。
谁谓古今殊，
异代可同调。

【赏析】"七里濑"又称严子濑、七里滩、七里泷，在富春江上游，距桐庐县城约十五公里，两岸青山夹峙，绿水中流。民谚"有风七里，无风七十里"，极言其水流湍急，上行须借风鼓帆。现在泷口建成富春江水电站，成七里小三峡，有"七里扬帆"胜景。

谢灵运（385—433），南北朝时期杰出诗人，东晋名将谢玄之孙，世称"谢康乐"。诗歌大部分描绘所到之处的山水景物。谢灵运的创作，丰富和开拓了诗的境界，确立了山水诗的地位，他是山水诗派的创始人。

本诗以山水之作抒羁旅之情。诗人赴任永嘉太守时，途经七里濑而作。

此诗一韵到底，每四句为一节。由秋晨入笔写被迫远游的艰涩心情；由秋晚着墨而情景交融；借古喻今以明志。全诗除了借景寄托诗人"羁心"之外，最欣赏的是对桐庐景物的描写，由"石浅"而"日落"，由水而山，把桐庐山水的灵动刻画入神，活现出一幅令人神往的桐庐秋意图。当然，面对秋色，诗人是落寞伤感的，被贬谪的"孤客"情绪布满字里行间，借"严子陵"和"任公"来抒发诗人向往隐士之情。

谢灵运除此诗外还有《初往新安至桐庐口》《富春渚》等反映桐庐的诗作。

(石樟全)

严陵濑

〔南朝〕沈约

眷言访舟客，
兹川信可珍。
洞澈随清浅，
皎镜无冬春。
千仞写乔树，
万丈见游鳞。
沧浪有时浊，
清济固无津。
岂若乘斯去，
俯映石磷磷。
纷吾隔嚣滓，
宁可濯衣巾。
愿以潺湲水，
沾君缨上尘。

3

【赏析】沈约（441—513），字休文，吴兴武康（今浙江湖州德清）人，南朝史学家、文学家。出身于门阀士族家庭，孤贫流离，笃志好学，博通群籍，擅长诗文，在齐梁间的文坛上有很高的威望。钟嵘以"长于清怨"概括其诗歌的风格。沈约历仕宋、齐、梁三朝，官至尚书左仆射，后迁尚书令，领太子少傅。著述颇多，然除《宋书》外多亡佚，另有明人辑《沈隐侯集》传世。

本诗中"眷言访舟客，兹川信可珍"首句入情，接下去道出其"珍重"的原因，在诗歌结体上有"反弹琵琶"之妙；同时也明确了描写对象主要是"川"中之水。接着直言清明如镜，濑水之深，为后面的议论提供依据。然后借用典故，认为沧浪会浊、济水会涸，而严陵濑之水不曾浑浊、不曾干涸，抒写自己已远离俗世喧嚣浊秽的心境，得出这里的环境真的可以用来洗涤仍浸淫于世俗中的人的"缨上尘"的观点。

沈约的这首《严陵濑》，虽然直接写景不多，但前面的抒情和后面的议论皆以景语为出发点，体现出其山水诗具清新之气的特点，也突出了严陵濑水之清绝。

（李　龙）

严陵濑诗

〔南朝〕任昉

群峰此峻极，
参差百重嶂。
清浅既涟漪，
激石复奔壮。
神物徒有造，
终然莫能状。

【赏析】任昉（460—508），南朝梁安乐博昌（今山东省寿光市）人，字彦升。仕宋、齐、梁三朝，齐时拜太学博士。入梁，历仕黄门侍郎、御史中丞、秘书监，雠校秘阁四部书。曾与梁武帝（萧衍）等同为竟陵王萧子良西邸八友。萧衍以梁代齐，禅让文诰多出昉手。以文才见知，时与沈约诗并称"任笔沈诗"。聚书万余卷，多异本。今存《任彦升集》辑本。

《严陵濑》因其自然山水和严光高风而为后人赞誉。任昉此诗描写严陵濑自然之胜。前二句着眼山的形态，"峻极""参差"描写其险峻及多变；中间二句写水的面貌，"涟漪""奔壮"写出了水流平缓处和激越处的不同；后二句发表感慨，鬼斧神工是自然的造化，笔者即使有再高的造诣，也难以描摹得尽。由前四句的景物描写，很自然地引出后两句的抒情，符合"情由景生"的审美习惯。

任昉另有一首题为《赠郭桐庐山溪口见候余既未至郭仍进村维舟久之郭生方至诗》的五言诗作，开头两句为"朝发富春渚，蓄意忍相思"，因题中已清楚交代了写作缘由，也明确与桐庐的关系，在此不再作多余的介绍。

（李　龙）

东阳还经严陵濑赠萧大夫

〔南朝〕王筠

子陵徇高尚，
超然独长往。
钓石宛如新，
故态依可想。

【赏析】这是一首怀古咏史诗。作者王筠从东阳回来，途经桐庐严陵濑时，通过追忆严子陵退隐江湖、独坐钓台之举，表达了对严子陵高风亮节的景仰赞赏之情，向友人表明了自己的心迹。

王筠（481—549），字元礼，一字德柔，南朝梁文学家、书法家。祖籍琅琊临沂（今山东临沂北）。王僧虔之孙。曾任昭明太子萧统的属官。

子陵先生遵从高尚的品德，超然物外的他，独自向着钓台而去。如今钓台的巨石还宛如新模样，子陵曾经的姿态也依然可以在脑海中想象。诗的语言质朴清新，句法顺接流畅，风格柔婉细腻，古意盎然。所谓睹物思人，见物怀古，本诗后两句，严子陵的形象跃然纸上，作者对严子陵的崇敬之情也溢于言表。

王筠今存诗文仅67篇，创作背景和年份多不可考，此诗亦然。作为南朝的文学家，王筠的创作活动与萧梁立国相始终，具有重要的文学地位。从诗歌题目中赠萧大夫可知，作品应为他前期作品，也就是得到萧统赏识的时候，所以作品中表达的对于严子陵高风亮节的品质，除崇敬与欣赏之情，也暗自流露出内心的向往，表明自己终将如子陵般，保持高风亮节的美好品质。

（吴燕萍）

严陵祠

〔唐〕洪子舆

汉主召子陵，

归宿洛阳殿。

客星今安在，

隐迹犹可见。

水石空潺湲，

松篁尚葱蒨。

岸深翠阴合，

川回白云遍。

幽径滋芜没，

荒祠幂霜霰。

垂钓想遗芳，

掇蘋羞野荐。

高风激终古，

语理忘荣贱。

方验道可尊，

山林情不变。

【赏析】严陵祠在严子陵钓台之下，始建于唐初。宋景祐中（1034—1038），范仲淹知睦州，重修严陵先生祠，并著《桐庐郡严先生祠堂记》一文，推崇曰："云山苍苍，江水泱泱，先生之风，山高水长。"至元明清各朝皆有修缮。富春江水电站建成后，祠宇被淹没水中，今祠为1982年重建。

洪子舆，生卒年月不详。本诗是一首五言古诗，作品出自《全唐诗》。全诗八句，句句押韵。姜晦时为中丞，讽劾韦安石，子舆不从。可以推想，当时子舆借游览严陵祠吊古思今。寻隐迹，江水从古至今依旧潺湲，山松竹林依然苍翠；踏幽径，野草丛生，荒祠寂寥；思垂钓，先生之风穿越古今激励后人，富春山水永铭先生志趣。

洪子舆这首有名的五言排律，其妙处在于，诗人以雄劲的笔触，抒写严陵祠的自然风貌和自我观照。他通过时间和空间的匠心经营，把写景、叙事、抒情与议论紧密结合，熔铸了丰富复杂的思想感情，使诗的意境雄浑深远，既激动人心，又耐人寻味。

（魏燕芬）

经七里滩

〔唐〕孟浩然

予奉垂堂诫，千金非所轻。

为多山水乐，频作泛舟行。

五岳追向子，三湘吊屈平。

湖经洞庭阔，江入新安清。

复闻严陵濑，乃在兹湍路。

叠障数百里，沿洄非一趣。

彩翠相氛氲，别流乱奔注。

钓矶平可坐，苔磴滑难步。

猿饮石下潭，鸟还日边树。

观奇恨来晚，倚棹惜将暮。

挥手弄潺湲，从兹洗尘虑。

【赏析】七里滩,又称七里濑,今称七里泷,在富春江中桐庐县桐君山至严子陵钓台富春江小三峡段。

孟浩然(689—740)本名浩,字浩然,襄阳人。是盛唐山水田园诗派的主要作家之一。

《经七里滩》为孟浩然隐居后漫游途中,路过严子陵钓台时所写,乃行旅遣兴之作。整首诗无意求工而清超越俗。第一至四句表明自己的为人处世态度。因为信奉先贤"君子不立于危墙"的训诫,所以,不屑于卷入政堂,所以作出了轻抛"千金"仕途的决定。这次追从先贤脚步,从桐庐至於潜领略了七里滩风光。

第五至十句,重墨描述1300年前"有风七里、无风七十里"的富春江风光,江流湍急、林木郁葱,山峰树木五彩斑斓,小溪流欢快地从林间奔泻而下。上钓台的道路崎岖,沿途阶石长满苔藓,实难攀登。更有小猕猴趴在大石下的水潭里喝水,归鸟也催游人返回。这一切太奇秀了,停船都在岸边迟迟不肯离去,暮色降临,唯叹为何不早来。

最后一句,情感升华,与第一、二句首尾呼应,能纵情山水之间,感悟严子陵的高风亮节,尘世还有什么可烦扰的呢?

(童志萍)

古 风

唐·李白

松柏本孤直，
难为桃李颜。
昭昭严子陵，
垂钓沧波间。
身将客星隐，
心与浮云闲。
长揖万乘君，
还归富春山。
清风洒六合，
邈然不可攀。
使我长叹息，
冥栖岩石间。

【赏析】李白（701—762），字太白，号青莲居士，唐代著名诗人。其诗以抒情为主，诗风雄奇豪放，想象丰富，语言流转自然，音律和谐多变。李白是屈原之后最具个性特色、最伟大的浪漫主义诗人，达到盛唐诗歌艺术的巅峰。

古风，不是题目，指诗体，即古体诗，有别于唐代兴起的近体诗。明朝徐桢卿评此诗云："此篇盖有慕乎子陵之高尚也。"

这首诗的大意是：松柏生性孤直，难以像桃李一样妖艳。高风亮节的严子陵，便隐居垂钓在沧浪之间。他像流星一样隐居不仕，其心与浮云一样闲远。他向万乘之君长揖而去，辞官不做，回到富春山过隐居的生活。此举如清风飘翔万里，吹拂四面，人们深感高不可攀。他使我叹息不已，我将要像他那样到富春山隐居。

诗的开头以"松柏"兴起，以"松柏"与"桃李"作比，借松柏之品质喻严子陵的高风亮节。中间四联是赋，既展示了严先生辞官隐居的情景，也表达了诗人对严先生的品行无限景仰之情。末联"冥栖岩石间"与首句"松柏"相呼应，结构严谨，无懈可击，抒发了诗人愿效仿严先生，钟情于祖国大好河山的特殊感情。

(童超贵)

读后汉逸人传

〔唐〕张谓

子陵没已久，读史思其贤。
谁谓颍阳人，千秋如比肩。
尝闻汉皇帝，曾是旷周旋。
名位苟无心，对君犹可眠。
东过富春渚，乐此佳山川。
夜卧松下月，朝看江上烟。
钓时如有待，钓罢应忘筌。
生事在林壑，悠悠经暮年。
于今七里濑，遗迹尚依然。
高台竟寂寞，流水空潺湲。

【赏析】张谓，生卒年不详，字正言，河内（今河南沁阳市）人。天宝二年（743）登进士第。《唐诗纪事》《唐才子传》均称张谓工诗。《全唐诗》编其诗一卷，其中以《早梅》为最著名。

从张谓不多的史料中未找到他来过桐庐的记载。但从他的诗作《读后汉逸人传》中可以看出，诗人十分仰慕严子陵。

《后汉书》是一部记载东汉历史的纪传体史书。公务闲暇，张谓秉烛夜读《后汉书·逸民》，书上说刘秀称帝后，欲征召其昔日旧好严光入仕，然严光召至而不就。严光因为"乐此佳山川"，所以"东过富春渚"，到桐庐过起耕钓生活来。

合上书本，张谓内心很是感慨，严光"名位苟无心，对君犹可眠"。羡慕先贤卧松月下，看江上烟的生活，由于钓翁之意不在"鱼"，难免"钓罢应忘筌"的态度。感叹"七里濑"，一定是古迹尚在，但高台寂寞。诗句中隐隐透出诗人高中进士后，在安西节度副大使府上一待十多年的境遇。

（王樟松）

高士咏·严子陵

〔唐〕吴筠

汉皇敦故友，
物色访严生。
三聘迫深泽，
一来遇帝庭。
紫宸同御寝，
玄象验客星。
禄位终不屈，
云山乐躬耕。

【赏析】《严子陵》，吴筠咏史怀古组诗《高士咏》五十首中的一首。

吴筠（？—778），中国道家名人，唐代著名道士。少通经，善属文。性高洁，不随流俗。落第后，开始追求其修道成仙之志，后居南阳倚帝山，潜心道术。吴筠是盛唐时期存诗最多的道士诗人，也是盛唐时期最富才情的道教诗人。

严子陵在《高士传》（西晋皇甫谧著）中就以隐者入载。吴筠在诗中咏赞严子陵，并不刻意用华丽的辞藻去渲染他的情操，相反却用质朴、平和的语言来描写他，简单概括其事迹。对严子陵拒绝征召，皇帝来到面前仍然高卧不起的自在洒脱，颇多向往与尊敬，咏赞其"禄位终不屈，云山乐躬耕"，不会为高官厚禄所屈从，回归山林，恣意于桐庐富春山之中，远离人事、不慕荣利、亲自耕钓，过着淳朴自然的生活。在简单的叙述中，严子陵作为高洁傲岸的隐者形象跃然纸上。作为一首咏史怀古诗，吴筠一方面歌颂像严子陵这样的隐士，一方面借古喻今，渗透了自己隐居明志的思想。

(任丹丹)

早秋桐庐思归示道谚上人

〔唐〕皎然

桐江秋信早，

忆在故山时。

静夜风鸣磬，

无人竹扫墀。

猿来触净水，

鸟下啄寒梨。

可即关吾事，

归心自有期。

【赏析】皎然（约720—800），唐代著名诗人、茶僧，湖州长城（今浙江长兴）人，吴兴杼山妙喜寺主持。俗姓谢，是山水诗创始人谢灵运的十世孙，早年勤学，出入经史百家，访名山、游长安，后在杭州灵隐寺受戒，皈依佛门，晚年字清昼。工诗，在文学、佛学、茶学等方面颇有造诣，与颜真卿、陆羽等均有和诗，现有皎然诗400多首。他的诗情调淡然，言语简洁，别具境界。

《早秋桐庐思归示道谚上人》是一首五言律诗，四联一韵到底，语言淡朴自然，表达了思归、思乡之情。

首联"桐江秋信早"，桐江即富春江桐庐段，以平实的语言道出江上之景早早显示出秋天到来的气息，诗人自然而然由此联想回忆起自己故地早秋的山林，思乡之情油然而生。颔联"夜风鸣磬、竹扫空阶"，动静结合，寂静的夜里，风吹过山寺里的钟磬，发出清脆的响声，而阶前竹影憧憧，空寂无人，把人带进了一个清净幽冷、寂寥凄静的境界。颈联"猿触净水、鸟啄寒梨"，以动衬静，用"猿来、鸟下"反衬四周的空寂无人，用"净、寒"渲染出早秋幽远清冷的环境。颔联、颈联四句，诗人主要是描写山间居住之所的幽静寂寥，孤寂凄凉。此景此情，使诗人生出"可即关吾事，归心自有期"的感慨，有心就会有期，诗人很自然地将思归思乡之情转为淡淡的禅趣。

（杨建丽）

同严逸人东溪泛舟

〔唐〕钱起

子陵江海心，
高迹此闲放。
渔舟在溪水，
曾是敦夙尚。
朝霁收云物，
垂纶独清旷。
寒花古岸傍，
唳鹤晴沙上。
纷吾好贞逸，
不远来相访。
已接方外游，
仍陪郢中唱。
欢言尽佳酌，
高兴延秋望。
日暮浩歌还，
红霞乱青嶂。

【赏析】钱起（722—780），字仲文，吴兴（今浙江湖州市）人，唐代诗人。唐天宝十年（751）进士，曾任考功郎中，故世称"钱考功"，代宗大历中为翰林学士，被誉为"大历十才子之冠"。有《钱考功集》。

《同严逸人东溪泛舟》开头四句写严子陵不事王侯垂钓富春的高风亮节让诗人神往，于是诗人和严逸人相邀泛舟溪水，在清丽的山水间效仿子陵垂钓。五至八句写眼前所见的桐庐美景，朝雾飘散，雨过天晴，一切景物清新如洗，秋天的野花在岸边带笑，白鹤在沙滩上鸣叫，令人赏心悦目。九至十四句写诗人羡慕隐逸林泉，便不远千里来到桐庐，和朋友一起寻仙访道，诗酒唱和，眺望秋景，不亦乐乎！结尾两句写诗人和朋友在夕阳落山时的奇山异水之间，引吭高歌，红霞胡乱地燃烧在青翠的峰峦间，不愿返回又不得不回的陶然之情，寄寓在日暮美景中，耐人寻味。"日暮浩歌还，红霞乱青嶂。"此句的妙处与钱起的另一名句"曲终人不见，江上数峰青"同出一辙，余韵无穷。

钱起的诗具有较高的艺术水平，风格清空闲雅、流丽纤秀，尤长于写景，此诗就把桐庐的风景写得清丽可爱，胜似仙境。

（章鸣鸿）

22

题严陵钓台

〔唐〕张继

旧隐人如在，
清风亦似秋。
客星沈夜壑，
钓石俯春流。
鸟向乔枝聚，
鱼依浅濑游。
古来芳饵下，
谁是不吞钩。

【赏析】张继，生卒不详，字懿孙，湖北襄州（今湖北襄阳）人。天宝十二年（753）进士，但没能通过"铨选"。直到宝应元年（762）被录用为员外郎征西府中供差遣，从此弃笔从戎。最后为洪州（今江西省南昌市）盐铁判官。有诗集《张祠部诗集》流传后世，其中以《枫桥夜泊》一首最著名。

唐肃宗至德年间（755—758），张继到会稽、越中一带，写下了《会稽郡楼雪霁》《会稽秋晚奉呈于太守》等诗作。

这是一个春天，诗人来到严子陵归隐之处，但见严陵钓台依山傍水，大树参天，飞禽翔集；旧隐陈迹仍矗立江边，山较高，站在江畔钓台之上可以俯视富春江。江水湍急清澈，清风习习，如同秋天般凉爽。诗人觉得先生还在这里，他想，鸟聚乔木，鱼依浅濑，人各有志，严光选择了洁身自好，垂钓隐居。自古以来谁能像严光那样，在芳饵（高官厚禄）的诱惑之下不吞食上钩呢？他景仰严子陵面对送上门来的功名利禄视若浮云的精神，写下《题严陵钓台》一诗。

（皇甫汉昌）

耶溪书怀寄刘长卿员外

〔唐〕秦系

时人多笑乐幽栖，
晚起闲行独杖藜。
云色卷舒前后岭，
药苗新旧两三畦。
偶逢野果将呼子，
屡折荆钗亦为妻。
拟共钓竿长往复，
严陵滩上胜耶溪。

【赏析】秦系（724—808），字公绪，越州会稽（今浙江绍兴）人，少有诗名。赴举不第后漫游吴越，多次往返富春江，与刘长卿、严维、释皎然等交游唱和。

天宝末年，秦系携妻儿到剡溪（今浙江嵊州）避乱。大历五年（770），浙东节度使（地方军政长官）薛兼训上奏朝廷召秦系出山，为"右卫率府胄曹参军"，一个管理太子卫队仓库的小官。秦系托病谢绝，隐居于老家耶溪。期间，他写信给还在睦州做司马的刘长卿，诉述了他的处境。

"药苗""两三畦""闲行独杖藜"，诗中可以看出，秦系身患疾病。尽管云卷云舒，看似悠闲，但诗人的内心是矛盾和痛苦的。他本是一个富贵显达的文人士族公子，却与权贵格格不入。宁愿与"荆钗"举案齐眉，妻子谢氏家族偏偏是当朝权贵。这个时候，诗人想到了在富春江上与刘长卿交往的情景，"严陵滩上胜耶溪"，不仅仅是景胜一筹，关键是子陵高风更加吸引诗人，他很想归隐山林，一同"钓竿长往复"。

（王樟松）

却归睦州至七里滩下作

〔唐〕刘长卿

南归犹谪宦，
独上子陵滩。
江树临洲晚，
沙禽对水寒。
山开斜照在，
石浅乱流难。
惆怅梅花发，
年年此地看。

【赏析】刘长卿（约 726—786），字文房，宣城（今属安徽）人。《全唐诗》收刘长卿诗 5 卷。

刘长卿宦海浮沉，终不得志。唐代宗大历中任转运使判官时，被诬贬睦州司马。在赴睦州履新的路上，大雪纷飞，诗人万般无奈，走投无路，写下了脍炙人口的《逢雪宿芙蓉山主人》。途经桐庐，又写下《奉使新安，自桐庐县经严陵钓台，宿七里滩下》。刘长卿在睦州任上，与当时居处浙江的诗人严维、章八元、皇甫冉、秦系等有广泛的接触。他们经常一同登山临水，吟诗唱和。刘长卿在睦州为官四年，建中二年（781），他得以升迁，赴随州做刺史。

退归睦州时，他独上钓台，写下了《却归睦州至七里滩下作》。刘长卿被贬，心情愤懑烦恼，晚树、寒禽、斜阳、乱石，眼前情景，似乎也就成了"乱鸦投落日，疲马向空山"。山河荒寞，心中黯淡。社会衰退、人生无多、冷落寂寥、空寞萧条的时代心态病也在折磨诗人。家国、社会，似乎一切都在零落。其诗的感伤色彩可谓大历年间的时代特征。

（王樟松）

发桐庐寄刘员外

〔唐〕严维

处处云山无尽时，
桐庐南望转参差。
舟人莫道新安近，
欲上潺湲行自迟。

【赏析】严维，生卒不详，约唐肃宗至德元年(756)前后在世。字正文，越州（今绍兴）人。唐玄宗天宝 (742—755) 中，赴京应试，结果名落孙山。肃宗至德二年 (757)，以"词藻宏丽"进士及第。《全唐诗》收其诗 64 首。

《唐才子传》载，严维，"初隐居桐庐，慕子陵之高风"。他居住在今横村镇一带设馆课徒，与章八元老家不远。高仲武《中兴间气集》载，"八元尝于都亭偶题数言，盖激楚之音也。会稽严维到驿，问八元曰：'尔能从我学诗乎？'曰：'能。'少顷遂发，八元已辞家。维大异之，遂亲指谕。数年词赋擢第。"章八元便是他在横村教书期间的得意门生。

严维在桐庐期间与睦州司马刘长卿为诗友。诗人去睦州州府梅城探望刘长卿，临行前写下这首《发桐庐寄刘员外》。诗的大意是：从桐庐出发到你那里，一路上云山无尽，河道参差。尽管船家说离你所在的新安江不远，但行船缓慢，到的时候可能已经很迟了。此诗在状写富春江灵秀清丽之美景的同时，也表达了诗人与刘员外相见的迫切心情。

（王樟松）

严公钓台作

〔唐〕顾况

灵芝产遐方，
威凤家重霄。
严生何耿洁，
托志肩夷巢。
汉后虽则贵，
子陵不知高。
糠秕当世道，
长揖夔龙朝。
扫门彼何人，
升降不同朝。
舍舟遂长往，
山谷多清飙。

【赏析】顾况（生卒年不详），字逋翁，晚年自号悲翁，苏州海盐横山（今在浙江海宁境内）人。唐代诗人、画家、鉴赏家。《全唐诗》编录其诗4卷。

顾况生于浙江，至德二年（757）登进士第。之后长期在江浙一带游历、做官，与皎然、陆羽等在湖州唱和。关于他什么时候光临桐庐，史料上没有明确记载。但他的诗存中有《严公钓台作》。

诗人非常崇拜严子陵，认为严光的"耿洁"犹如远方的"灵芝"，志比肩夷、巢："严生何耿洁，托志肩夷巢。汉后虽则贵，子陵不知高。"当然，严光和光武帝取得了"双赢"——因为有光武之邀而被拒，可见严光之高风；有严光谢绝轩冕而得善终，足见光武之雅量。但朝廷"糠秕"当道，像"夔龙"的忠臣是不会与他们同朝为官的。"舍舟遂长往"，不如学习严公，诗中已有对社会的不满，甚至产生了归隐之意。

顾易生在《顾况和他的诗》中认为："顾况是从杜甫进展到白居易之间的重要桥梁之一，对于'新乐府'运动的理论和创作的形成与发展起了促进作用。"

（王樟松）

白云源

〔唐〕戴叔伦

山遥入修篁，
深林蔽日光。
夏云生嶂远，
瀑布引溪长。
秀迹皆逢胜，
清芬坐转凉。
贪看玉尊月，
归路赏前忘。

【赏析】戴叔伦（约 732—约 789），字幼公（一作次公），润州金坛（今属江苏）人。唐代著名诗人，今存诗二卷，著有《戴叔伦集》。

大历元年（766），戴叔伦得到户部尚书充诸道盐铁使刘晏赏识，在其幕下任职。之后，做过新城令。新城就是与桐庐毗邻的富阳市新登。他在七品县令任上，多次来桐庐踏春雅集。在严子陵钓台下触景生情，写过《春江独钓》；在晚唐诗人方干故里，他留下了《白云源》。

白云源风景区，主体为纵深 15 公里的深山峡谷。瀑、潭、溪、涧构成山奇、水秀、林茂、石怪的自然景观。景区开发前，人迹罕至，有"江南九寨"之称。1200 多年前的一个夏天，戴叔伦"脚着谢公屐"，一头钻进峡谷的自然风光里。诗人沿着蜿蜒曲折的溪流前行。只见鸟鸣空谷，花香袭人，层峦叠嶂间林密光稀，煞是幽静。诗人在白云源寻胜探幽，目之所触，耳之所闻，山、水、林、竹、云、瀑，有动有静，有明有暗，处处"皆逢胜"，幽静得出奇。反复品味这诗句，让人完全可以领略到竹林中的瑟瑟清凉和那透过密林洒落的些许阳光，小溪潺潺，飞瀑轰鸣，诗人沉浸在了鸟语花香的"清芬"里，直至皓月当空，忘记了归途。

吟咏全诗，诗人把白云源的景致用一个个画面展现出来。看似写景，却融入了诗人的情怀和寄托。全诗以"入"开篇，以"归"结尾，从"日光"到"月色"，层层递进，活灵活现地刻画出诗人贪恋山野的心绪。

（皇甫汉昌）

34

题桐庐李明府官舍

〔唐〕崔峒

讼堂寂寂对烟霞，
五柳门前聚晓鸦。
流水声中视公事，
寒山影里见人家。
观风竞美新为政，
计日还知旧触邪。
可惜陶潜无限酒，
不逢篱菊正开花。

【赏析】崔峒，生卒年不详，约766年前后在世，博陵（今河北安平县、深州市、饶阳、安国一带）人，大历十才子之一。有诗集一卷传世。

与众多在大历艰难时世中挣扎沉浮的寒门士子一样，崔峒早年除苦读诗书之外，奔走求告，曳裾侯门，推销自己，以求仕进。在桐庐，崔峒下榻于李明府的官舍。当晚，他与桐庐的父母官把酒言欢，十分尽兴。第二天早上起来，富春江上云蒸霞蔚，五柳门前鸦飞鹊乱，远山如影，人家隐隐约约，诗人看到父母官在"流水声中"亲临公事，心灵的羁束，官场的不适一下抛到九霄云外，质性自然、任真直率的本性油然而生，情不自禁吟出《题桐庐李明府官舍》。"新政"无非就是"旧触邪"，可能是因为期待太久、期望太高，当现实与理想不相吻合、不能如己所愿时，诗人内心的失落与怅惘就无法遏止。崔峒四十岁左右进士及第，此时为左拾遗；拾遗补阙之类的官，职居清要，职位微、品级低。不幸的是，他就连这小京官也做不稳，对官场的不适与对仕途的失望，使崔峒越来越郁郁寡欢和悒郁无奈，随着年岁的增长，诗人日益眷顾起先前自由无羁的日子来，诗歌疏放不拘，清迥拔俗，韵致幽绝，已经有了潇洒出尘的想法，只是没有遇到"采菊东篱下"的机会，还困顿于出与处、进与退的两难境地中。

（王樟松）

归桐庐旧居寄严长史

〔唐〕章八元

昨辞夫子棹归舟，
家在桐庐忆旧丘。
三月暖时花竞发，
两溪分处水争流。
近闻江老传乡语，
遥见家山减旅愁。
或在醉中逢夜雪，
怀贤应向剡川游。

【赏析】 章八元（743—829），字虞贤，浙江桐庐人。唐大历六年（771）进士。

唐朝时的桐庐，曾经诗人辈出，其中"一门三进士"的"三章"令人刮目相看：即章八元，儿子章孝标（元和进士）、孙子章碣（乾符进士）。"三章"的家乡在当时的桐庐常乐乡（今横村镇香山村）。章八元自幼能诗，人称"章才子"，这首诗很好地表达了章八元对家乡桐庐的热爱之情。

这是一首赠别诗，写给章八元的老师严维（严维时任河南幕府，故称长史）。严维是越州山阴（绍兴）人，是唐朝比较活跃的一位诗人，与刘长卿、崔峒、岑参等多有交往，他也到过桐庐，并有"处处云山无尽时，桐庐南望转参差"（《发桐庐寄刘员外》）的诗句。章八元此诗的首联是说，昨天我告别先生您乘上了归乡的船，家在桐庐自然让我回忆起熟悉的山水和屋舍。颔联告知我们归乡的时间和路途：三月春暖时节百花齐放，途经桐庐县城，富春江和分水江两江争流。颈联写得极富人情味，临近家乡听到江边老人在说着家乡的方言，传达着家乡的消息，我已遥见家乡的山水便减少了旅途的愁思。尾联笔锋一转，作者从归乡的喜悦中抽离出来，说或许人生常常会在醉中正逢孤寂的处境，怀想贤师我应该去您的家乡游历剡溪啊。

此诗把章八元的思乡之情和尊师之义有机地结合起来，因而读后让人心生感慨。

（禾　木）

38

题严氏竹亭

〔唐〕戎昱

子陵栖遁处，
堪系野人心。
溪水浸山影，
岚烟向竹阴。
忘机看白日，
留客醉瑶琴。
爱此多诗兴，
归来步步吟。

【赏析】戎昱（744—800），中唐著名现实主义诗人，荆州(今湖北江陵) 人，登进士第，官历辰、虔二州刺史。存诗 125 首，明人辑有《戎昱诗集》。其诗艺术风格以沉郁为主，兼有雄放、哀婉、清新的特色。代表作有《塞下曲》《苦哉行五首》等，有"铁衣霜露重，战马岁年深""秋宵月色胜春宵，万里霜天静寂寥"等名句传世。颜真卿曾邀其为幕宾，是杜甫挚友。《唐音葵签》称赞道："戎昱之于杜甫，尤其著者。"

严氏竹亭即富春山严子陵耕钓处，今仅存竹林。诗首联直抒胸臆，"系"字颇富炼字之妙，描写未出，仅是子陵隐居处，就牢牢缚住了诗人的心，也牵动着读者的心。颔联"溪水、山影、岚烟、竹阴"，情景瞬时鲜活，视角一俯一仰，隐隐可见诗人行迹。溪山行止，俯瞰溪水潺湲、山影静谧；竹林缓步，仰看薄雾款款飘进阳光不到的竹阴。颈联转回自身，将感受具化，诗人在陶然忘机后，心怀澄澈地享受阳光、晴空，白云深处的琴韵，不知是人所弹，还是水声风声所奏，听醉诗人，不愿离去。尾句直抒胸臆，来此诗兴大发，"归来"也步步要吟咏。风景再好终是要走，流连回味中，透着淡淡的无奈，或表怀念，或是警醒、抚慰自己，要像严子陵一样安淡泊，守宁静。

全诗情景交融，轻灵飘逸，词句清丽隽永，充满着隐逸情趣，寄托了作者对严子陵的艳羡和追思，多感官、多方位写出了桐庐富春山水的宁静美好。

(吴宏伟)

桐庐山中赠李明府

〔唐〕孟郊

静境无浊氛，
清雨零碧云。
千山不隐响，
一叶动亦闻。
即此佳志士，
精微谁相群。
欲识楚章句，
袖中兰茝薰。

【赏析】孟郊 (751—814)，唐代诗人。字东野，湖州武康（今浙江德清）人，祖籍平昌（今山东临邑东北），先世居洛阳（今属河南）。唐代著名诗人。现存诗歌 500 多首，以短篇的五言古诗最多，代表作有《游子吟》。有"诗囚"之称，又与贾岛齐名，人称"郊寒岛瘦"。元和九年，在阌乡（今河南灵宝）因病去世。张籍私谥为贞曜先生。

唐人称县令为明府，作者游览于桐庐，诗赠山中李明府。全诗似乎有意隐去明府的名字，让人更多地沉湎于桐庐的山水。诗歌首句用一个"静"字，概括出桐庐山无世俗浑浊气息、优雅宁静的特点。次句用"清"字，凋落出"碧云"之下雨水的清丽，三、四句以"千山不隐响，一叶动亦闻"，尽倒出桐庐山水寂静中的"响""动"。五、六句直抒胸臆，以"佳志士"称李明府，又说他无人可匹敌，直接赞美李明府；七、八句用典，李明府让我们产生了去读读楚辞的冲动，他的衣服经过兰草熏蒸，赞美李明府的文采和高洁情操。最后四句，虚实相生，表达出对李明府的高度赞美之情。

《桐庐山中赠李明府》是孟郊对桐庐山水的寄寓之情，诗人与李明府稍加会面，更加反衬出诗人在人世间的孤独寂寞情怀，从侧面表现了诗人对现实社会的愤懑和厌恶，也体现了诗人遗世独立的高洁人格。

（杨东增）

题严光钓台

〔唐〕欧阳詹

弭棹历尘迹，
悄然关我情。
伊无昔时节，
岂有今日名。
辞贵不辞贱，
是心谁复行。
钦哉此溪曲，
永独古风清。

【赏析】 欧阳詹（755—800），唐代散文家、诗人。字行周，泉州晋江人。其祖上及父兄曾任福建、浙江、广东的地方官。他是泉州历史上第一位进士，被称为"八闽文化先驱者"。那个时候，南方文化落后于中原文化，朝廷对南方人不屑一顾。再加上唐代的科举取士制度还不完善，当时及第的进士只是获得做官的资格，要正式当官任职，还需经吏部的铨选。因此，欧阳詹直至贞元十四年（798）"四试于吏部"，才被授予"国子监四门助教"之职。欧阳詹雄才未展，英年早逝。

在国子监四门助教任上，欧阳詹全力支持和参与韩愈、柳宗元等人共同倡导的古文运动，他的一些思想与韩愈不谋而合，他的凄美爱情故事，无论真假，都无疑给欧阳詹的一生添加了许多浪漫色彩。

这首诗中"弭棹"（mǐ zhào），亦作"弭櫂"，指停泊船只。首句指我停好了船只，走在这上钓台的路上，高风亮节的严子陵形象又静悄悄地进入我的心灵。第二句说假如碰不上昔时的时令，哪里有今日的好名声。第三句说躲避地位尊崇的人而不躲避地位低贱的人，这心谁能再次实行，再次通过。第四句说我佩服那首古溪曲（古乐府的舞曲），永久地表达了古时清净的风尚。纵观全诗，欧阳詹借题严光钓台，推心置腹，让读者时刻感受到"云山苍苍，江水泱泱，先生之风，山高长"。

（杨东增）

自桐庐如兰溪有寄

〔唐〕权德舆

东南江路旧知名，
惆怅春深又独行。
新妇山头云半敛，
女儿滩上月初明。
风前荡飏双飞蝶，
花里间关百啭莺。
满目归心何处说，
欹眠搔首不胜情。

【赏析】权德舆（759—818），唐代文学家。字载之。天水略阳（今甘肃秦安）人。后迁润州丹徒（今江苏镇江）。权德舆仕宦显达，于贞元、元和间执掌文柄，名重一时。卒谥"文"，后人称为权文公。主要作品见《权载之文集》，留有诗文 376 篇。

这是一首七言律诗，究其内容，是一首写景抒情诗。表达的是诗人从桐庐到兰溪时对桐庐风光的描写与赞美。

诗的首联点明诗人出行的地点与时间。东南富春江这条水路早有所闻，在这暮春容易使人惆怅的时节里，我又独自一人来到此地。"又独行"，道出了诗人曾不止一次来到桐庐。颔联和颈联运用对偶的形式描述了这优雅宁静的美图和怡然自乐的心境。"新妇山"即桐庐境内的"西武山"。相传从前有新妇，其夫从征不返，遂投水而殁，于是葬于此地，因而得名"新妇山"，后讹为西武山。女儿滩，指旧县滩。"云半敛""月初明"，双蝶荡飏、莺啼花间，诗人就是运用这些意象来表达的，让人感受到在山头白云，滩上初月映衬下的富春江之静谧，而作者又是在微风中荡着小舟、看着双双起舞之飞蝶，听着百啭之莺唱，那怡然之情油然而生。尾联虽未言情，却情趣无限。"何处说"正照应了首联"又独行"，挠首斜躺着的睡姿该有多么美妙啊！

权德舆曾多次来过桐庐，还在严子陵钓台住宿过，写下《宿严陵》《严陵钓台下作》《早发杭州泛富春江寄陆三十一公佐》等诗篇。

（童雪荣）

送施肩吾东归

〔唐〕张籍

知君本是烟霞客，
被荐因来城阙间。
世业偏临七里濑，
仙游多在四明山。
早闻诗句传人遍，
新得科名到处闲。
惆怅灞亭相送去，
云中琪树不同攀。

【赏析】张籍（766—830），字文昌，和州乌江（今安徽和县乌江镇）人。贞元十四年（798），张籍北游，经孟郊介绍，在汴州认识韩愈。韩愈为汴州进士考官，张籍被荐，次年在长安进士及第。

元和元年（806）调补太常寺太祝，认识分水（现属桐庐县）新举进士施肩吾。他对施肩吾的文才大为赞赏，因而有了交往。施肩吾秉性忠厚，不善奉承，此际正值宦官专权，朋党倾轧，朝政混乱之时，他深感仕途险恶，不愿在宦海中沉浮。毅然决定返回家乡，不久就到江西洪州西山修仙学道。施肩吾东归时向张籍透露了心迹，张籍在长安灞桥驿亭为施肩吾设宴送别，惋惜留恋，情感至深。写下了《送施肩吾东归》。

诗人知道施肩吾本来就钟情山水喜爱林泉，因为才华出众才被推荐来到京城。全诗大意为：你的家乡，就在与严子陵钓台不远的地方，又常神游吴越一带名山大川。早就听说你的诗句传遍诗坛，如今新举进士却无所事事，不能作为。"惆怅灞亭相送去"，"惆怅"二字把惜别和感世伤怀融合在一起，既有对友人将离别的依依不舍，又感怀世事之不公，这样好的人才在京城无立足之地，因而引起诗人在灞桥驿亭送别时的不平和伤感，所以感叹"云中琪树不同攀"，感叹人生的追求为何如此不同。

（王樟松）

白云亭

〔唐〕罗万象

一池荷叶衣无尽，
数树松花食有余。
刚被世人知住处，
不如依旧再移居。

【赏析】罗万象，生平不详。大约生活于唐顺宗、宪宗时期。光绪《分水县志·仙释》载："罗万象，唐时官御史，有政声。后弃官隐于分水紫罗山，筑白云亭以居。"紫罗山，在桐庐瑶琳镇与分水镇界上，因唐御史罗万象曾筑紫草小房于山间，后人称紫罗山。当年，状元施肩吾、浙西观察使李德裕等先后上紫罗山拜访罗万象。

这首《白云亭》是罗万象存于《全唐诗外补》唯一的一首留给后人的诗。诗作非常易懂，居住的白云亭环境是这样的：旁有"一池荷叶"，周围有许多松树，衣食无忧。只是刚到一个地方，马上被人发现，为了清静下去，不让别人打扰，只好想办法再换地方了。换哪呢？光绪《分水县志·仙释》上说，移居到了"邑西蒿源山"，也就是今天的百江镇翰坂村。"有白衣人愿为弟子或见白龙从深谷出，至庵化为人共异之"，也就是说，罗万象到了蒿源山后成仙了。到了五代十国时，吴越王钱镠为之建庙祭祀。一年，两浙大旱，有人发现庙里的白云真人塑像忽然汗如雨下，不多时，天降大雨。从那以后，分水一带只要遭遇大旱，便到白云真人的庙来求雨。"远近争迎，唯恐弗得，迄今犹然。"

(王樟松)

宿桐庐馆，同崔存度醉后作

〔唐〕白居易

江海漂漂共旅游，
一尊相劝散穷愁。
夜深醒后愁还在，
雨滴梧桐山馆秋。

【赏析】白居易（772—846），字乐天，号香山居士，又号醉吟先生，祖籍太原，生于河南新郑。是唐代伟大的现实主义诗人，唐代著名的三大诗人之一，有"诗魔"和"诗王"之称。白居易与元稹共同倡导新乐府运动，世称"元白"，与刘禹锡并称"刘白"。白居易贞元十六年进士及第，为官四十余年，曾官至翰林学士、左赞善大夫。820年，曾到杭州任刺史。

此诗大意是诗人在旅途中夜宿桐庐的富春江桐君山畔馆驿，与好友崔存度相劝对饮后，很快驱散了离乡的愁思。夜深人静，人醒了，酒也醒了，但乡愁依旧萦绕上心头，雨水打在梧桐叶上更增添了诗人的离愁别绪。

首句便把人的思绪引向茫茫的江河之上。漂即漂泊、流浪，"漂漂"这一叠音词的运用，展现了沧海之一粟的诗人仿若无根的浮萍。而这种漂泊无常之感始终隐伏在诗人的人生体悟之中，甚至在《〈琵琶行〉并序》中漂泊之感依旧："今漂沦憔悴，转徙江湖间。"然，宦海沉浮，漂泊之味愈浓。"旅游"，显然并非当下意义上的游玩，旅与游，带来羁旅之愁，是客子思乡，是诗人内心无法消遣的隐痛。这种隐痛，既有躲避战乱而骨肉流离的游子之殇，又有追求前途而背井离乡的羁旅之愁。一"共"一"散"，与友同行，本是一大乐事，或共诉心事，或畅叙幽情，或指点江山；本希望能够散去满怀愁绪，可夜深酒醒，愁仍在，此愁藏在淅淅沥沥雨打梧桐的声响里，藏在酒醒后愈发沉郁的心绪之中。

(赵根标)

题钓台兰若

〔唐〕施肩吾

山僧不钓台下鱼，
几年空寄台边坐。
有时手把乾松枝，
沿江乞得沙上火。

【赏析】施肩吾（780—861），字希圣，号东斋，浙江分水延招乡（现属富阳）人。施肩吾是一位集诗人、道学家、台湾澎湖的第一位民间开拓者于一身的历史传奇人物。唐宪宗时中状元，他不愿在宦海中沉浮，未待授官就东归故里，后去洪州西山学道，得道后自称"栖真子"，世称"华阳真人"。唐大中年间，率族人乘木船，到达澎湖列岛并最终在此定居。

兰若（rě），佛教名词，原意森林，引申为寺院。诗人通过题钓台这个远离喧嚣的清净之处，书写了自己甘于寂寞的情怀。诗中写道："山僧不钓台下鱼，几年空寂台边坐。"这简单的话语里，恰恰是他生活的最真写照，坐在钓台边，但是并不钓鱼，当然也不钓情怀，"有时拿把干松枝，沿江乞得沙上火"，不钓鱼，照照光，很日常的行动而已。对于内心皈依道教的他而言，不愿沽名钓誉，只愿静心修行，始于日常，归于平淡，平淡之中自有一股静气。

后人评论他的诗作，"新奇瑰丽，格高似陶，韵胜似谢，其品格当不在李杜下"，能与陶渊明、谢灵运媲美，其诗品可见一斑，朴素自然之中，自有一种洒脱与淡然。

(吴燕萍)

七里濑渔家

〔唐〕张祜

七里垂钓叟，
还傍钓台居。
莫恨无名姓，
严陵不卖鱼。

【赏析】张祜（约785—849），字承吉，今河北邢台清河人，唐代诗人。出生在清河张氏望族，家世显赫，被人称作张公子。张祜早年寓居苏州，常往来于扬州、杭州等都市，并模山范水，题咏名寺，写出了"故国三千里，深宫二十年"这样的名句。张祜在诗歌创作上取得了卓越成就，杜牧曾赞其"千首诗轻万户侯"，在杜牧看来，张祜把诗歌看得比高官厚禄更重。张祜性情狷介，不肯趋炎附势，有心报国，陈力无门，晚年隐居于丹阳曲阿，一生坎坷不达以布衣终。

在古诗词中，渔父垂钓这一形象承载了厚重的文化意味，常常寄托着诗人仕隐行藏的取向。张祜的这首五言绝句就是通过对一个生活在富春江畔七里滩无名渔父的安详闲适生活的描述，借用了严光不仕光武隐居垂钓于富春江上的典故，寄托了诗人追求悠闲自在生活，不慕功名、淡泊名利的思想。

诗歌的前两句描写的是一位富春江畔的渔父，老人经常清早出去，在江水清澈的七里滩上垂钓，傍晚归来，家就依傍着严子陵钓台居住。描写出渔父垂钓于山水之间，心无旁骛，优游逍遥的生活。七里濑，又名严陵濑，七里滩，是严光归隐富春山耕读垂钓的地方，此情此景，诗人自然而然把渔父与不仕光武的严光联系起来，"莫恨无名姓，严陵不卖鱼"，不要遗憾渔父无名又无姓，严子陵虽钓鱼但不卖鱼，因为他钓的是山水之乐，是不慕功名、淡泊名利的风骨。诗人写的是渔父和严光，何尝又不是写自己呢？

（杨建丽）

56

钓 石

〔唐〕李德裕

严光隐富春，
山色黡又碧。
所钓不在鱼，
挥纶以自适。
余怀慕君子，
且欲坐潭石。
持此返伊川，
悠然慰衰疾。

【赏析】李德裕（787—850），字文饶，赵郡赞皇（今河北赞皇）人，唐代政治家、文学家。一度入朝为相，但因党争倾轧，多次被排挤出京。近代梁启超甚至将他与管仲、商鞅、诸葛亮、王安石、张居正并列，称他是中国六大政治家之一。《全唐诗》收录其诗132首。

长庆二年（822），李德裕任浙西观察使。李德裕初镇浙西的八年中，与其诗酒唱和的诗人甚多。

作为浙西长官，李德裕必然要游览钓台。他仰慕严子陵的高风亮节，因而留下了五首之多和严子陵有关的诗歌，其《钓石》的大意是，严子陵隐居的富春江畔，山清水秀。他不是为了钓鱼，"挥纶"在于"自适"。"自适"字面上解释是自我舒适。这里是指人格上的独立，精神上的自由，是寻求诗意的栖居，是人性的一种回归。诗人坐在潭石上，羡慕着严子陵的耕山钓水的自在的生活。这首诗还有一个副标题："于溪人处求得。"自己是朝廷的命官，想要"坐潭石"一时做不到，只能在当地人手里买一块钓台之石，以慰抚自己的仕隐情结和心灵。

（皇甫汉昌）

送徐山人归睦州旧隐

〔唐〕雍陶

君在桐庐何处住，
草堂应与戴家邻。
初归山犬翻惊主，
久别江鸥却避人。
终日欲为相逐计，
临岐空羡独行身。
秋风钓艇遥相忆，
七里滩西片月新。

【赏析】雍陶，字国钧，成都人，晚唐诗人。出身贫寒却"恃才傲睨，薄于亲党"，独与徐凝、贾岛等交好友善。当时的徐凝在长安因不善干谒而籍籍无名，便有"欲别朱门"而南归睦州的打算，好友雍陶便为其作了此诗。

这是一首送别诗，是诗人雍陶为好友徐凝所做。

在唐代众多的灿若星辰的送别诗中，雍陶的这首七律似乎并不那么耀眼，它既无"西出阳关无故人"的落寞和苍凉，也无"天下谁人不识君"的豪迈和大气，但其如叙家常般的质朴和清新却让人倍感亲切，细读之后更是回味无穷。诗以一句设问起头，很是别致！然后又揣测性地作了自答。这一自问自答看似随意寻常，却隐透着诗人对好友的不舍和牵挂。接着诗人又设想了好友久别归家时"近乡情更怯"的复杂心绪：如初归之山犬，如久别之江鸥，惶惶惴惴。然而，尽管如此，对着友人独行归乡的身影，作为同样在异乡为前途奔波劳累的游子，诗人还是露出了"羡"意。最后，诗人借"秋风""钓艇""七里滩""片月新"等富有代表性的富春江景想象自己和友人分别后的遥相思念之情，透着淡淡的哀伤和无奈。

整首诗格调清新，抒情含蓄，意味隽永，细腻耐品。

(朱柏亚)

观钓台画图

〔唐〕徐凝

一水寂寥青霭合，
两岸崔崒白云残。
画人心到啼猿破，
欲作三声出树难。

【赏析】 从诗的题目看，这是一首观览钓台美景之后的题景诗。先把它翻译成白话吧，意思是说：宁静的富春江碧波烟云，草树蓊郁，富春山高耸入云。画家艺高，虽满心想要画出打破这岑寂的啼猿哀啸，但那令人肠断的哀啼终是很难绘形。

诗人下笔直奔主题，以"一水""两岸"写出钓台所处的地理形势。以"寂寥""崔崒"交代钓台寂静空旷、高大险峻（富春江水库蓄水以后视觉有所变化）。再以"青霭合""白云残"着色渲染。至此，一幅钓台美图已然呈现在眼前。但是诗人显然并不满足这样直白正面的描写，而是紧接着巧用"猿啼三声"的典故，反衬画家哪怕功力再深再怎么用心，也画不出活生生的钓台画图。"画人心到啼猿破"一句，或可理解为：画家用心绘山水如活，以致啼猿误以为真，想攀援上树哀啼以致画为所破。你看，画画得多么逼真！最后"欲作三声出树难"，一个"难"字收尾，写出钓台实景才是真正的美景画图，表达了诗人对钓台景色的赞美和对严子陵的敬仰之情。这种手法，与吴融"天下有水亦有山，富春山水非人寰"有异曲同工之妙。

徐凝，桐庐籍唐代著名诗人，分水柏山坞人。唐元和十五年（820）与施肩吾同科进士，官至金部侍郎。其诗才得白居易赏识，两人互相多有唱酬。白居易在即将离开杭州时，曾专程到分水看望徐凝。徐凝以"分水老八碗"家筵招待。白居易赋诗一首《凭李睦州访徐凝山人》："郡守轻诗客，乡人薄钓翁。解怜徐处士，唯有李郎中。"遂成为一段佳话，可谓"山人故里八大碗，刺史杯中一首诗"（王樟松联）。《全唐诗》《唐才子传》收入徐凝简历和诗作。

（周保尔）

寄桐江隐者

〔〔唐〕许浑

潮去潮来洲渚春，
山花如绣草如茵。
严陵台下桐江水，
解钓鲈鱼能几人。

【赏析】许浑（约791—约858），字用晦（一作仲晦），晚唐最具影响力的诗人之一，润州（今江苏镇江）人，大和进士，官终睦、郢二州刺史。

桐江，富春江的上游，即钱塘江流经桐庐县境内一段。富春江最美一段在桐庐境内。

严陵台位于桐庐富春山山腰，因严陵而得名。严陵，指东汉隐士严光，字子陵，浙江会稽余姚（今宁波慈溪）人。他少年时就很有才气，与刘秀（后来的汉光武帝）是同窗好友。建武元年（25），刘秀在洛阳登基后，严光即改名换姓，隐匿不见。刘秀很赞赏他的贤能，几次请严光辅助他治理国家，授他为谏议大夫，但严子陵对授予他的官职坚持不受，而是选择到山水秀丽的富春山隐居。北宋范仲淹赞扬他"云山苍苍，江水泱泱，先生之风，山高水长"。严子陵以不事王侯的"高风亮节"闻名于世，并成为隐士文化的先祖之一而受人推崇。

本诗的第一句描写了桐江两岸春天的自然山水风光，潮去潮来，春水涨落，山上花开绚烂，仿佛绣女的作品，富春江两岸绿草如茵，一片生机，一幅美丽的山水诗画跃然纸上。后一句写人文历史，用一个反问句，反问天下，有几人能像严子陵先生那样不为名利所动？这一句充满了作者对子陵先生的敬仰之情。全诗情景交融，诗中有画，画中有人，洋溢着浓浓的人文情怀。

（孟红娟）

梦 乡

〔唐〕章孝标

家住吴王旧苑东，
屋头山水胜屏风。
寻常梦在秋江上，
钓艇游扬藕叶中。

【赏析】章孝标（791—873），唐代诗人，字道正，章八元之子，诗人章碣之父。桐庐县胜峰乡（今属横村镇）人。元和十四年（819）中进士，历任校书郎、试大理评事、秘书省正字等职。《全唐诗》仅存其一卷。

家住吴王旧苑东，吴王，指春秋吴国之主，亦特指吴王夫差。屋头山水胜屏风，屏风，室内陈设，用以挡风或遮蔽的器具。寻常梦在秋江上，寻常，经常，平时。唐杜甫《江南逢李龟年》诗："岐王宅里寻常见，崔九堂前几度闻。"钓艇游扬藕叶中，钓艇，钓鱼船。唐朱庆馀《湖中闲夜遣兴》诗："钓艇同琴酒，良宵背水滨。"宋陆游《立春后三日作》诗："千古事终输钓艇，一毫忧不到禅房。"元叶颙《日暮江村杂兴》诗："钓艇已收缯，无人深闭门。"梦乡，指熟睡时梦境中虚幻的地方。语出白居易《山鹧鸪》诗："梦乡迁客辗转卧，抱儿寡妇彷徨立。"

这首七绝短小精悍，依次交代了地点，景色，时间，事件。看似轻描淡写，实则集中反映了诗人优哉游哉，踌躇满志之情。写景的诗一般都是用来衬托心情，景色的铺垫，把想说的话糅合在作品中。在艺术的境界中，不知不觉地感受诗人高超的烘托作用。

（姚飞）

夜泊桐庐眠先寄苏台卢郎中

〔唐〕杜牧

水槛桐庐馆，
归舟系石根。
笛吹孤戍月，
犬吠隔溪村。
十载违清裁，
幽怀未一论。
苏台菊花节，
何处与开樽。

【赏析】杜牧（803—约852），字牧之，号樊川居士，京兆万年（今陕西西安）人。杜牧是唐代杰出的诗人、散文家。杜牧的诗歌以七言绝句著称，内容以咏史抒怀为主，其诗英发俊爽，多切经世之物，在晚唐成就颇高。杜牧人称"小杜"，以别于杜甫"大杜"。与李商隐并称"小李杜"。

会昌六年三月，武宗崩，宣宗继位，大批牛党成员纷纷得到重用，政治局势风云大变，杜牧对新的政治局势满怀憧憬。当时杜牧返回长安的心情颇为急切，《夜泊桐庐眠先寄苏台卢郎中》就是杜牧在回长安的途中作的。金秋十月的夜晚，明月高悬，归船静静停泊在富春江畔。住在桐庐馆的诗人靠着临水的栏杆，望着被薄雾笼罩着的夜色，陷入了沉思，想起了远方的朋友。暮色里江面上传来的愁笛声，隔江传来的犬吠声更是增添了诗人在陌生水乡月下的孤寂感，隐藏了诗人急于见到可以攀谈的朋友的意思。（清裁：对对方的敬称；幽怀：深衷，心里话）仕途失意，长期漂泊南方，毕竟十年没能与朋友见面，内心的情感真的不能一一详述。憧憬着姑苏台重阳节，与卢郎中举杯畅饮。想到此诗人的心情舒畅起来。

整首诗情景交融，浑然一体。清幽的环境渲染诗人孤寂的心情，表达了诗人对朋友的深切思念之情。同时也含蓄表达了诗人对自己政治前景的向往，憧憬。

（孙叶娟）

思桐庐旧居便送鉴上人

〔唐〕方干

莫道东南路不赊，
思归一步是天涯。
林中夜半双台月，
洲上春深九里花。
绿树绕村含细雨，
寒潮背郭卷平沙。
闻师却到乡中去，
为我殷勤谢酒家。

【赏析】方干（809—888），字雄飞，谥玄英。幼有诗才，以诗名重江南。因唇缺貌丑不得仕，终身布衣。人称"官无一寸禄，名传千万里"。其诗有的反映社会动乱，同情人民疾苦；有的抒发怀才不遇，求名未遂之感怀。方干为人质野，爱吟咏，深得师长徐凝的器重。宋景祐年间，范仲淹守睦州，绘方干像于严陵祠配享。

这是一首饱含深情的思乡之作。首联表达了作者强烈的思乡之情，每一步的"思归"都感觉远在天涯。颔联通过远景描写赞美桐庐芦茨美景。皎洁的月光洒向"皆生寒树"的高山，茂密树林中的东西钓台若隐若现；洲上梅花盛开，绵延九里，春意深深，令人陶醉。梅花"凌寒独开"之傲骨和"清幽淡雅"之芬芳让作者魂牵梦萦。颈联把镜头转向美丽静谧的村子，蒙蒙细雨中，绿树绕村，这与孟浩然之"绿树村边合，青山郭外斜"有异曲同工之妙；春寒料峭中，村子的后背层层细浪逐沙滩。整幅画面中，有远有近、有高有低、有动有静，如此山清水秀、民风淳朴之地实在让他乡游子日思夜想。正在大家为之感叹唏嘘之时，尾联突现转机：听说僧人老师"鉴上人"将要到家乡去，所以欣喜之余，马上写下此诗送给老师，托老师替他去感谢曾经殷勤招待自己的酒家主人，也足见他与老师亦师亦友。

整首诗清润小巧，清新隽永，情感细腻，也足见方干擅长律诗之功底。

（田利群）

严光钓台

〔唐〕陆龟蒙

片帆竿外揖清风，
石立云孤万古中。
不是狂奴为故态，
仲华争得黑头公。

【赏析】陆龟蒙（？—881），唐代农学家、文学家，字鲁望，别号天随子、江湖散人、甫里先生，江苏吴县人。曾任湖州、苏州刺史幕僚，后隐居松江甫里，编著有《甫里先生文集》等。陆龟蒙与皮日休交友，世称"皮陆"，诗以写景咏物为多。

严光少有高名，与东汉光武帝刘秀是同学，亦为好友。其后他积极帮助刘秀起兵。刘秀即位后，多次延聘严光，但他隐姓埋名，退居桐庐富春江畔。

桐江月色无古今，白波苍嶂幽人心。一片孤帆江上来，垂竿依旧披羊裘。这是诗人眼中的严子陵，隐居富春江畔，每日垂钓，一长竿，披羊裘，与江上清风为友，"惟江上之清风与山间之明月，耳得之而为声，目遇之而成色"，相信此时的子陵感受与苏轼极其相似。子陵已逝，惟钓台永立江水畔，孤云相伴，万古长存。他不是狂奴，不是故意做出狂妄的姿态，他只是遵从内心，不知天子贵，自识故人心。而故人不是伯牙，自己亦不能做子期，不如狂态拒！年少即位列三公，黑头公足见他的才华出众，但不为功名，不畏惧权贵，只愿成为江畔一钓翁。耕读垂钓是先生所爱，一颗大贤心，只有云山江流可栖，先生之风，山高水长！

整首诗，可见诗人对严光的了悟和赞美，严光和钓台都永存万古中！

（王慧）

题山居

〔唐〕曹邺

扫叶煎茶摘叶书，
心闲无梦夜窗虚。
只应光武恩波晚，
岂是严君恋钓鱼。

【赏析】曹邺（816—?）晚唐诗人，字邺之，桂州
（桂林）阳朔人，与晚唐著名诗人刘驾、聂夷中、于濆、
邵谒、苏拯齐名，而以曹邺才颖最佳。自小勤奋读书，
屡试不第，流寓长安达10年之久。大中四年（850）

登进士。咸通九年（868）辞归，寓居桂林。平生擅长作诗，尤以五言古诗见称。

诗人开头两句描写了自己归隐后过着悠闲自得的生活。在小院里扫扫落叶，把院子打扫完毕。再煮一壶茗茶，茶香沁人心脾，闲着无事，摘几片树叶，在它们的上面练练字，一切显得清闲而又有趣。不再想着国事天下事，心无焦虑，门窗虚掩，安心入睡，一夜无梦魇，一觉睡到天明。这样安逸的生活真令人羡慕啊！

看似诗人悠闲，学着范蠡一样弃官归隐，过着闲云逸鹤的生活。可是他对统治者的昏庸无能感到愤慨，作者觉得是"只应光武恩波晚，岂是严君恋钓鱼"。他认为，是光武帝对严子陵的恩泽太晚了，所以严子陵才郁闷辞官，归隐到富春江畔。随着晚唐社会弊端的越积越深，社会矛盾愈演愈烈，曹邺深深体会到，仅凭一己之力已无法挽回唐朝的衰亡的命运，所以干脆学严子陵一样弃官归隐。可是人在江湖，心还系朝廷。接着用典故来抱怨当今朝廷的无为，表达对社会现状的忧虑和愤慨，继而抒发心中愤怒和失望。

同样是严子陵归隐的事件，在范仲淹的《潇洒桐庐郡十绝——之十》中"江山如不胜，光武肯教来"。如果这里富春江的山水不美，当初光武帝怎么肯让严子陵来此隐居，垂钓耕作。诗中写出了光武帝的大度气量和严子陵归隐其间的自得其乐。这就是仁者见仁智者见智了。

（郑巧红）

题钓台障子

〔唐〕李频

君家尽是我家山，
严子前台枕古湾。
却把钓竿终不可，
几时入海得鱼还。

【赏析】李频（818—876），字德新，唐寿昌（今浙江建德市寿昌）人。唐宣宗大中八年(854)，李频中进士，调校书郎，任南陵县主簿，又升任武功县令，有诗名。

"钓台障子"意为钓台高高的山势如屏障一般。

这是李频游严子陵钓台时写的诗。钓台即浙江桐庐的严子陵钓台，东汉著名隐士严光（字子陵）当年隐居垂钓的地方。在追名逐利、趋炎附势者比比皆是的封建社会，严光拒绝高官厚禄、不求荣华富贵的品行，深得历代正直的文人士大夫的敬佩与赞叹。

第一句，写诗人登上严子陵钓台，因钓台所在地富春江镇跟建德乾潭镇相毗连，故发出"君家尽是我家山"的感叹，反客为主，拉近了与钓台的距离。笔势坦率豪放，使人感受到诗人乐观豁达的胸襟。

第二句，李频以描写自然景物见长，此诗写景紧紧扣住钓台的特定环境，运用拟人的修辞手法，将钓台的地理位置描述得生动传神。

第三句，自然而然地由写景转入抒情。游严子陵钓台，历代诗人纷纷赞赏严光选择洁身自好，垂钓隐居的生活，但诗人却不落窠臼，发出慷慨激昂之声：仔细想来抛却钓竿始终不能做到。抒发了诗人不愿像严光一样归隐山野，不愿弃百姓疾苦于不顾的思想。

第四句，写到这里，诗人的情感已经写足，把诗情又推进一层，何时才能入海钓得大鱼回来呢！此句表现了诗人以天下为己任的远大抱负。

此诗是一首写景抒情诗，诗人即景抒情、平中出奇，抒发了诗人远大的政治情怀。李频道德高尚、文采出众、政绩显赫，深受百姓爱戴。他的诗作更是广为流传，清代建安人郑修楼曾有诗赞曰"千载嫡仙携手笑，李家天上两诗人"，把李频和李白并举。

（项海云）

钓台怀古

〔唐〕刘驾

澄流可濯缨，严子但垂纶。
孤坐九层石，远笑清渭滨。
潜龙飞上天，四海岂无云。
清气不零雨，安使洗尘氛。
我来吟高风，仿佛见斯人。
江月尚皎皎，江石亦磷磷。
如何台下路，明日又迷津。

【赏析】刘驾（822—?），字司南，江东人。登大中进士第，官国子博士。与曹邺为诗友，俱以工于五古著称，时称"曹刘"。《全唐诗》录存其诗六十八首，编为一卷。

乘船经过富春江上风光最美丽的一段——七里泷，可见富春山麓，沿江高阁连亘、粉墙黛瓦、飞檐翘角，一片古朴的建筑。相传是东汉高士严光（字子陵）隐居垂钓之地。严子陵，少有高名，与刘秀同游学。刘即帝位，征召其为谏议大臣，拒之，归隐富春江畔，耕钓以终。

自汉以来，子陵先生甘愿清贫、淡泊名利的品质一直为后世所景仰，刘驾登临钓台亦为子陵先生的高风亮节所折服。

诗歌的前半部分对子陵先生直诉衷肠，高坐九层石台，顿时神清气爽，周围的一切都变得干净利落了，只管垂钓，哪管世间纷纷扰扰，因而诗人要对着先生吟唱，吟唱他的高风，吟唱他不为名利所诱，吟唱他的躬耕生活，冥冥之中诗人似乎见着了先生本人。正如李白《古风（之十二）》中所说："长揖万乘君，还归富春山。""垂钓沧波间。"诗歌后四句回到现实，江上的那轮明月是何等皎洁明亮，江水之中的石头突立鲜明，如何下得山来，只怕自己又走入迷津之中，不知何去何从。这是多少仰慕子陵先生的文人的通病啊，既信奉儒家入世怀"齐家、治国、平天下"，又崇尚道家出世逃避现实的逍遥无为，可又有几人能做到呢？由古及今，由彼及此，怀古意味深长。

（徐梨红）

严子陵

〔唐〕唐彦谦

严陵情性是真狂，抵触三公傲帝王。
不怕旧交嗔僭越，唤他侯霸作君房。

【赏析】唐彦谦（？—893）字茂业，并州晋阳（今山西省太原市）人。博学多艺，文词壮丽，书画、音律皆通，晚年隐居鹿门山，专事著述，因此号鹿门先生。

这是一首七言绝句。首句中的"狂"是整首诗的诗眼，一个"真"字尽显诗人对严子陵无限景仰钦羡之情。这里的"狂"不是狂傲，不是肆意狂放，而是一种任情而发、不遵规度的生活态度。唐代"诗仙"李白就曾说："我本楚狂人，狂歌笑孔丘。"这是率性自然真性情的流露，"狂奴故态"亦是光武对子陵之哂。

"抵触三公傲帝王"是"狂"的具体表现。"三公"是中国古代朝廷中最尊显的三个官职的合称，辅佐天子，是天子之下的最高管理的称呼。但严子陵丝毫没有把"三公"与"帝王"奉为至尊，面对权势显贵视若无睹。

如何"傲帝王"？"不怕旧交嗔僭越"，刘秀请严光到宫里去，谈说过去的交往旧事，两人在一起相处好多天。一次，刘秀随意地问严光："我比过去怎么样？"严光回答说："陛下比过去稍稍有点变化。"说完话便睡在一起。严光睡熟了把脚压在刘秀的肚子上。第二天，便有太史奏告，有客星冲犯了帝座。如此随意对待君王，恐怕唯有严光一人。

如何"抵触三公"？"唤他侯霸作君房"！侯霸，字君房，东汉初年官员。光武帝时任尚书令，后任大司徒，为光武股肱之臣，深得光武帝的信赖器重，对东汉初年的政权建设多有建树。侯霸与严光是老相识，派人送信给严光。送信的人便对严光说："侯公听说先生到了，一心想立刻就来拜访，限于朝廷的有关制度不便，所以不能来。希望能在天黑后，亲自来向你表达歉意。"严光不说话，将书简扔给送信的人，口授说："君房先生：官位到了三公，很好。怀着仁心辅助仁义，天下都高兴。"

全诗文辞简洁明白，选材典型，是诗人对严公清高孤傲、不事权贵高尚情操的高度赞扬，也是对傲对世俗、无欲则刚隐逸情怀的认同。

（王燕）

吴门再逢方干处士

〔唐〕罗邺

天上高名世上身，
垂纶何不驾蒲轮。
一朝卿相俱前席，
千古篇章冠后人。
稽岭不归空挂梦，
吴宫相值欲沾巾。
吾王若致升平化，
可独成周只渭滨。

【赏析】罗邺（825—?），字不详，余杭人。诗以七言见长，有"诗虎"之称。在咸通、乾符年间（860—879），与宗人罗隐、罗虬俱以声格著称，号"江东三罗"。《全唐诗》录其诗一卷。

罗邺和所有的士子一样，为觅举和求仕，满怀着济世为国的抱负，参加科考，然而晚唐科场黑暗，屡败屡考十余次均名落孙山。罗邺一生不得志，或许是与方干境遇相同，两人常常诗酒酬唱，在《罗邺诗集》中有《吴门再逢方干处士》一诗。

这首诗的大意是：高名在世的你只能隐居镜湖，不能坐车轮用芳香的蒲叶包裹的马车，对方干的境遇十分同情。第二联话锋利一转，赞赏方干的为人和诗歌的成就。不仅是卿相们的座上宾，而且"千古篇章冠后人"。"稽岭"指方干隐居地会稽。"吴官"切题，指两人重逢，"欲沾巾"可见两人的深厚感情。最后用姜子牙在渭水之滨的典故，希望有贤明圣王的出现。

（王樟松）

赠处士方干

〔唐〕曹松

包含教化剩搜罗，
句出东瓯奈峭何。
世路不妨平处少，
才人唯是屈声多。
云来岛上便幽石，
月到湖心忌白波。
后辈难为措机杼，
先生织字得龙梭。

【赏析】曹松（829—903），字梦徵，舒州（今安徽潜山）人，唐代晚期诗人。因屡试不第，长期生活在社会底层，故同情劳动人民的疾苦，憎恶战争。曾有"凭君莫话封侯事，一将功成万骨枯"的佳句流传后世。诗题中的"镜湖处士"，《唐才子传》曾有记载：干，字雄飞，桐庐人。幼有清才，散拙无营务，举进士不第，隐居镜湖中。

"东瓯"，原指浙江南越一带，这里引申为处士方干。首联大意是：我虽然饱读诗书，但只要有暇时，仍然喜欢寻章搜句。然而，我发现有许多峭丽奇绝的诗句，都出于镜湖处士方干之手。

颔联"屈声"一词，诗人巧妙运用了双关的修饰手法，表达了处士方干虽有才华，但终因缺唇貌陋，与功名无缘的屈声。同时，也让读者联想到屈原的怀才不遇。

颈联作者用云、幽石、月、白波等意象，勾勒出一幅暗拟的图景。出句点出方干来镜湖后，加深了东瓯一带的文化底蕴；对句感叹他虽然抛开一切功利，过着淡泊宁静的隐居生活，但依然会有高处不胜寒的寂寞。

尾联中的"机杼、龙梭"依然运用了双关的修饰手法，一方面写出了方干诗句的峭丽，仿佛得了龙梭一般，让后人望尘莫及。另一方面也蕴藏了孟母"断杼择邻"的典故，方干隐居镜湖后，潜心研学授徒。子孙在他思想的感染下，勤奋读书，至宋代，方氏家族竟出了"十八进士"的传奇。

（范敏）

宿严陵钓台

〔唐〕神颖

寒谷荒台七里洲，
贤人永逐水东流。
独猿叫断青天月，
千古冥冥潭树秋。

【赏析】 神颖，唐代中晚期诗僧。生卒年、俗姓籍贯均已失考，大约咸通（唐懿宗年号，860—873）年间前后在世。工诗能文，时享盛名。原有集，已佚，《全唐诗》存其诗二首。

这是一首七绝咏古诗。晚唐禅僧神颖云游至浙江桐庐，踏访富春山麓，秋夜宿于严陵钓台。作者目睹今日之萧瑟，想慕古君子之为人，慨然而叹，故作此诗以咏怀。首句"寒谷荒台七里洲"，一"寒"一"荒"，苍茫、孤寒、破败的意境已出，奠定一种悲凉、沉郁的情感基调。第二句"贤人永逐水东流"，由景而及人，才是诗人真正情之所系。昔日幽谷闲台，已被雨打风吹去；昔日高隐君子，已随浪沙东流无踪迹。这种意境，与王勃咏滕王阁诗"阁中帝子今何在，槛外长江空自流"相仿佛。第三句"孤猿叫断青天月"，抓住"孤猿"和"夜月"两个意象，是承接前两句的情感而更进一层。猿鸣本有凄凉之感，何况是"孤猿"？正因为"贤人永逐水东流"，才有猿之孤。古人云"猿鸣三声泪沾裳"，李白云"江水东流猿夜声"，都反映猿鸣悲切入人心。而寒谷荒台之间，月光愈是明亮，情境愈是萧索。这种萧索其实是诗人心绪的萧索。尤其是"叫断青天月"的"断"字，用得奇且妙，月光不断，青天不断，是诗人心绪的断裂。此处是感情的迸发，却借猿鸣含蓄地表达，这是一种高级的修辞。第四句"千古冥冥潭树秋"，收束得相当有力。台有新旧，人有生死，猿有孤鸣，变动无常使人心悲凉。但总有不变者，千古冥冥，惯看生荣死哀、悲欢离合。是何物？是此潭，是此树，是此秋！

春晚桐江上闲望作

〔唐〕贯休

江上车声落日催，
纷纷扰扰起红埃。
更无人望青山立，
空有帆冲夜色来。
沙鸟似云钟外去，
汀花如火雨中开。
可怜潇洒鸱夷子，
散发扁舟去不回。

【赏析】 贯休（832—912），唐末五代前蜀画僧、诗僧。俗姓姜，字德隐，婺州兰溪（今浙江兰溪市游埠镇仰天田）人。七岁出家和安寺，日读经书千字，过目不忘。唐天复间入蜀，被前蜀主王建封为"禅月大师"，赐以紫衣。贯休能诗，诗名高节，宇内咸知。尝有句云："一瓶一钵垂垂老，万水千山得得来。"时称"得得来和尚"。有《禅月集》存世。

这首七律，诗人以淡雅、闲适的笔调描绘出日落西山之时桐江上一幅幅生动画面，一个春天的傍晚，诗人在富春江边闲望观景，落日、青山、白帆、沙鸟、汀花历历入目。夕阳西下，人们行色匆匆，车马声此起彼伏，纷乱地荡起了飞舞的尘埃。远处青山静静耸立，然而，步履匆忙的人们却无暇欣赏，只有我伫立凝望，平静的江面上一叶扁舟从远处冲破夜色而来。沙滩上的鸟儿像白云般在晚钟声中自由地向外边飞去，沙洲上的野花如火如荼地在雨中绽放，生机盎然，煞是美丽！此情此景，触发了诗人内心的感慨，发出了"可怜潇洒鸱夷子，散发扁舟去不回"的感叹！

整首诗情景交融，前两联写世俗生活的纷纷扰扰，颈联借助沙鸟、汀花两个意象，尾联通过一个"怜"字真切地表达出自己也喜爱像鸱夷子（越国范蠡）一样泛游五湖，解冠隐居，表达自己对闲云野鹤，心无旁骛，不为世俗所累的生活状态的向往。

(戚丽萍)

严陵滩

〔唐〕罗隐

中都九鼎勤英髦，
渔钓牛蓑且遁逃。
世祖升遐夫子死，
原陵不及钓台高。

【赏析】罗隐（833—909），字昭谏，号江东生。杭州新城（今浙江杭州富阳区新登镇）人。他先后十次赴京赶考，均以落第告终。55岁终于开始走上他的仕途。他被誉为唐末最后一位大才子、大诗人。其著述甚丰，今存诗歌约500首。

在桐庐民间一直流传着很多有关罗隐秀才"讨饭骨头圣旨嘴""一语成谶"的故事，传说罗隐是"真龙天子"。玉皇大帝怕他当了皇帝，会捣乱乾坤，就派天兵天将换了罗隐的仙骨。当时罗隐牙关紧咬母亲的裤裆，浑身的仙骨都被换掉了，只有牙床骨没有换去，虽做不成皇帝，却留下了一张"圣旨嘴"。说来也怪，罗隐说什么就灵验什么。

这是一首抒情诗。诗的大意是：位于九鼎之尊的刘秀希望得到"英髦"严子陵的帮助，而严子陵却带着"渔钓""牛蓑"逃到了富春山。"升遐"是帝王死去的一种说法；"原陵"是指东汉开国皇帝刘秀的陵墓。尽管贵为天子和普通夫子的死叫法不同，"升遐"的"原陵"其实不及钓台之高，以此来歌颂严子陵不为名利、遁世离俗以求人格独立、心灵自适的隐逸情怀。而诗人表达的情感也显而易见。

（王樟松）

桐庐县作

〔唐〕韦庄

钱塘江尽到桐庐，
水碧山青画不如。
白羽鸟飞严子濑，
绿蓑人钓季鹰鱼。
潭心倒影时开合，
谷口闲云自卷舒。
此境只应词客爱，
投文空吊木玄虚。

【赏析】韦庄（836—910），字端己，京兆杜陵（今陕西西安东南）人。唐乾宁元年（894）进士。曾为前蜀开国宰相。

这是一首盛赞桐庐自然风光与人文风情的七律。首联明白如话，对桐庐的赞美溢于言表，因而脍炙人口。颔联用一个镜头和一个典故表现了严子陵钓台的自然风光和严先生的高风亮节。青山绿水，白鸟裹人组合成一幅严子陵垂钓图。"季鹰鱼"即鲈鱼，典出《晋书·张翰传》："翰（字季鹰）因见秋风起，乃思吴中菰菜、莼羹、鲈鱼脍，曰：'人生贵得适志，何能羁宦数千里以要名爵乎！'逐命驾而归。"后即以此喻归隐。颈联是写景，水中倒影和山头的浮云悠闲自在地时隐时现、时卷时舒着，为垂钓图勾勒出背景。整幅画面有远有近、有高有低、有虚有实，实在让人过目难忘。难怪作者要说这样的美景只有诗人才能喜欢，并表达出来，写这首诗无非是对空凭吊大文豪木玄虚（即木华，西晋文学家）罢了。作者尾联意思是面对如此画不如的美景，我写下此诗真是在诗词大家面前班门弄斧了。其实这是韦庄的自谦，他的这首《桐庐县作》实在是一首难得的佳作。

（禾木）

严陵钓台

〔唐〕黄滔

终向烟霞作野夫，
一竿竹不换簪裾。
直钩犹逐熊罴起，
独是先生真钓鱼。

【赏析】黄滔（840—911），字文江，福建人，乾宁二年（895）进士。《全唐诗》收其诗3卷208首。

黄滔出身贫寒，千里奔波，四处干谒，由于无人引荐，屡试不第。每当落第，他即离开长安，放逐江湖，几乎走遍了祖国的山山水水。他最常去的是吴越之地。喜爱三吴烟水，百越山川。黄滔在与大自然进行零距离接触的过程中，写了大量的诗歌，在桐庐富春江严子陵钓台，写下了《严陵钓台》一首诗。

"簪裾"是指古代显贵者的服饰，借指显贵。熊和罴皆为猛兽。诗人写这首诗的时候，正值藩镇割据，政局动荡，他尽管高中进士了，朝廷却无暇授官。游历桐庐，登临严子陵钓台，他感慨万千，认为自己最终将成为山野村夫，到时候"簪裾"也不肯换我的钓鱼竹竿。为什么？你看那些个现在露出"庐山真面貌"的"熊罴"原来用的都是"直钩"，只有严子陵在真正钓鱼。追慕严子陵孤直品格的同时，更钦羡其绝意遁世的旷逸风姿。

（王樟松）

94

寄方干处士

〔唐〕尚颜

格外缀清诗，诗名独得知。
闲居公道日，醉卧牡丹时。
海鸟和涛望，山僧带雪期。
仍闻称处士，圣主肯相违。

【赏析】尚颜，生卒年不详（主要活动在840至920年间），俗姓薛，字茂圣，汾州人，出家荆门，晚唐著名诗僧，工于五律，著有诗集五卷，今仅存《尚颜诗集》一卷。

方干，字雄飞，睦州桐庐人，屡试不第，隐于镜湖，作为山林隐逸诗人在晚唐文学史中占有一席之地。当时尚颜、齐己等一大批诗人都以处士称呼他，并多有题赠之作。

这是尚颜寄赠给方干处士的一首诗。诗的首联直接道出了方干的才高名盛，一个"独"字，盛赞方干的诗才名声在外，独一无二。方干擅长律诗，气格清迥，意度闲远，深得师长徐凝（睦州分水人）的器重。他的诗也被诗友推崇备至。

颔联采用互文的手法转入对诗人方干处士隐逸生活的叙述。"公道日""牡丹时"，展现了处士隐逸生活中岁月的静美。"闲居""醉卧"，则展现了诗人隐逸生活的闲适潇洒。

颈联进一步叙写方干处士的隐逸生活，画面感极强。诗人隐居镜湖，时而"海鸟和涛望"，时而"天外晓岚和雪望"。风雪中，处士盼来了山僧友人，他们一起酬唱和答，互劝互勉，通过写诗赠诗来排遣苦闷，寻找精神的慰藉。

尾联转到眼前叙述处士怀才不遇的不公平遭遇。"仍闻"背后可以想见处士求荐之路的漫长艰辛。"圣主"亦非"明君"，委婉地道出了诗人与处士都心存怨恨而又无可奈何的心理。

全诗语言清新质朴，构思巧妙，诗人把情感寄寓在对处士生活遭遇的刻画之中。首句"怀才"，末句"不遇"，中间两联叙述了处士隐逸生活的常态，很好地表现了诗人情感的变化。吟罢全诗，我们不难读出诗人对处士的了解之深，堪称知音，处士也一定能够从中得到温暖与欣慰。

（陈红华）

招 隐

〔唐〕韩偓

立意忘机机已生，
可能朝市污高情。
时人未会严陵志，
不钓鲈鱼只钓名。

【赏析】韩偓（约 842—923），字致光，号致尧，京兆万年（今陕西西安市东南）人。晚唐五代著名诗人，自幼聪明好学，10 岁时即席赋诗，令满座皆惊，李商隐赞其诗是"雏凤清于老凤声"。

《招隐》属于七言绝句，收录于《全唐诗》。

诗人因助昭宗复位，备受昭宗器重，但宦官当权，又因构罪朱全忠而被贬。天祐二年，昭宗召他回京复职。面对此境，诗歌开篇以"忘机"与"机已生"的矛盾冲突抒写内心两难的处境——立志忘掉世俗，甘于淡泊而又逢朝廷征召我这隐居者出仕。一方面他对自己归隐的道路不甘心，对被重新起用仍报一丝希望；另一方面，又害怕被奸臣迫害，想逃避黑暗的晚唐政治。犹豫彷徨之后，他深知一回长安，即入虎口，生死未卜。于是诗人默然拒绝，不肯还朝，无奈发出一声慨叹来自我安慰——朝廷复召，那是完全玷污了我淡泊世事的高雅情致啊。

诗歌后两句，诗人则借"严陵"的典故再次表明自己的志向。时人没有领会严子陵的志趣，要知道，他在严子陵钓台钓的不是当地名贵的鲈鱼，而是以归隐的生活来表明自然淡泊的隐逸志向。诗人以此表明，要坚定志向，效仿远离刘秀独自隐居的严子陵，归隐山林，不再入仕，以过闲适安定的生活。

韩偓作为晚唐忠臣，心系昭宗，思念故国，其人格品节历来备受后人称誉。反复吟咏，复召的惊喜敌不过内心的矛盾忧虑，诗人纵有报国大志，时势面前却无奈选择安定的生活，这样的隐逸，难免让人感慨万分。

（徐　萍）

经严陵钓台

〔唐〕杜荀鹤

苍翠云峰开俗眼，
泓澄烟水浸尘心。
唯将道业为芳饵，
钓得高名直至今。

【赏析】杜荀鹤（约846—906），字彦之，自号九华山人。池州石埭（今安徽省石台县）人。他出身寒微，曾数次上长安应考，不第还山。大顺二年（891）举第八名进士。为晚唐著名诗人，著有《唐风集》10卷，其中三卷收录于《全唐诗》。

从19岁至45岁，杜荀鹤进行了长达27年的乱世漂泊，交游很多，游历很广。《经严陵钓台》一诗显然写于这一时期。以"道业"为饵，这一钓，钓出千古高名。在一般人的眼中，能够在唾手可得的高官厚禄面前不动其心，就已经十分难得，更何况严子陵以一介隐士而能足加帝腹、傲睨权贵，那种常人不敢设想的风流与潇洒真是让佩服，令人神往。这一切，自然使这位有志难伸、怀才不遇、乱世漂泊的人"大开俗眼"。严子陵绝意遁世的旷逸风姿，垂钓沧波、心与云闲的隐逸情态，能不荡尽尘埃，而入"浸尘心"。杜荀鹤才华横溢，仕途坎坷，终未酬志，他的退隐是被逼无奈的选择，追求仕进和功名永远是其内心深处的渴望。

（王樟松）

钓 台

〔唐〕陈毅

汉廷吏事贵三公，
难遣狂奴为改容。
帝座有星曾奏客，
云台无笔可图侬。
江河契阔攀龙计，
廊庙征求卖药佣。
从此清风能起懦，
首阳千载自追踪。

【赏析】陈毅，浙江省桐庐县三合乡人，九岁读九经，通大义。登大中进士、授闽县知县。现仅存《钓台》诗一首，咏东汉隐士严光之高风亮节。

狂奴，严光也。时严光旧识侯霸恰任司徒，闻光被光武帝召至京都，便遣使问候。光即用"怀仁辅义天下悦，阿谀顺旨要领绝！"二句作答。其意是告诫他要心怀仁义，办事公正，才会得到百姓的欢迎，万万不能阿谀奉承。汉廷三公权贵，身份颇高，却难遣严光为之收敛一分狂气。于严光而言，狂奴这一评价倒也名副其实。

严光，隐士也。昔王莽篡汉，数邀于他，光均不为所动，效伯夷叔齐，现首阳高风；及光武即位，光乃变名姓，隐身不见，于富春江畔，极高台垂钓之乐。所谓隐士者，隐身易，隐心难。在"官本位"的古代中国，有官而不做，并不算太稀罕；而能坚拒帝王之聘，选择自己喜欢的生活方式，这才最难。在江湖之远，多少人依旧汲汲于名利，攀附权贵，欲居庙堂之高位。而严光，在光武帝不顾太史"客星犯帝座"奏言仍要挽留之时，还执意隐去，宁为这世间一普通卖药者而已。

"我为功名来，君为功名隐。"富春江畔，严君有青山绿水环绕，有清风明月相伴，有自采草药的悠闲，有高台垂钓的恣意……"从此清风能起懦"，从此身将客星隐，从此心与浮云闲。

（申屠斯）

友人适越路过桐庐寄题江驿

〔唐〕李郢

桐庐县前洲渚平，
桐庐江上晚潮生。
莫言独有山川秀，
过日仍闻官长清。
麦陇虚凉当水店，
鲈鱼鲜美称莼羹。
王孙客棹残春去，
相送河桥羡此行。

【赏析】李郢，生卒年不详。字楚望，京兆长安（今陕西西安）人。工诗，尤擅七律。元人辛文房称其诗"清丽，极能写景状怀，每使人竟日不能释卷"。方干赞其诗为"物外搜罗归大雅，毫端剪削有余功"。（《赠李郢端公》）。

这是一首描绘桐庐山水风光与人文风物的七律。其中诗题中的"江驿"，即为江边的驿站之意。十分清晰地蕴含着一个重要的信息：唐朝时桐庐县城江边已建有江驿。古时官府会在内陆地区或者江岸设置驿站，以供传递文件或军事情报，或是供来往官员途中食宿休息、换马换乘。由此可知，唐朝时桐庐便是一处交通要地。

"洲渚平""晚潮生"，作者三言两语即囊括了桐庐的地域特色。山水美则美矣，当山水与人文完美交融就是人间最美的事。一方山水一方风情，一方水土又养育一方人，东汉名士严子陵隐居富春山钓台，选择"富春烟雨，一蓑一笠人归隐"的垂钓隐居生活历来是桐庐美谈。

"莫言独有山川秀，过日仍闻官长清。"作者醉吟于山水之间、人文风情之中，感叹桐庐山川美，内蕴更美。诗中引用典故莼羹鲈脍，语出《世说新语》，表意为味道鲜美的莼菜羹、鲈鱼脍，比喻为思乡的心情兼有赞美不追逐名利的意思。

全诗以江驿为引子，诗人追思怀古，寄情山水，隐隐流露出对友人的惜别之情。

（朱联非）

晚泊富春寄友人

〔唐〕喻坦之

江钟寒夕微，
江鸟望巢飞。
木落山城出，
潮生海棹归。
独吟霜岛月，
谁寄雪天衣。
此别三千里，
关西信更稀。

【赏析】喻坦之（约874年前后在世），唐睦州人。咸通中举进士不第，久寓长安，囊罄，忆渔樵，还居旧山，与李频为友。《全唐诗》收入其诗词有18首。

这是一首五言律诗，题材是送别诗。首联中的"江鸟归巢"自然生发出思乡之情，颔联两句点明了时间是在深秋。诗人仕途不顺，饱尝世态炎凉，朋友和知己是他唯一的慰藉。傍晚夕阳西下，瑟瑟江风中传来的凄凉钟声更使他增添孤寂之感。颈联中"霜岛月"和"雪天衣"这两个重要意象写出了对远方朋友深深的思念。思念而生想见，想见却不可见，相隔万里，音信太少。愁苦之情溢于言表。正应合"彼此无依倚，东西又别离"之困塞。我们想象这样一个画面：

傍晚，诗人所乘的小船停靠在富春江畔。诗人独立船头，看着夕阳缓缓落下，听着江面上传来凄凉的钟声，不觉心生寒意。江鸟扑扇着翅膀纷纷飞回巢穴。深秋的天气，树木掩映的小城凸显出来，傍晚的江水上涨了，去远方打鱼的小舟也归来了。时间慢慢地过去，明月洒下白茫茫的光落在小岛上，诗人对着明月寄托情思。天冷了，朋友们可还安好？该添置冬衣了。只是这里离开长安有三千多里路，朋友们的消息太少了。

诗人一生，不曾风光得意一时，科场、生活均极悲苦，唯一的安慰——朋友，也远隔万里。诗人的多重凄楚非思念而止。喻坦之的人生道路和诗歌创作，展现了唐末文人播迁漂寓、民生哀艰的末世景象，以及文人的独特境况。

（舒沅和）

桐 江

〔唐〕汪遵

光武重兴四海宁，
汉臣无不受浮荣。
严陵何事轻轩冕，
独向桐江钓月明。

【赏析】桐江，现指富春江桐庐县境内河段。

汪遵，又作王遵，生卒年不详，唐代宣州泾县人。工诗，多为咏史之作。其诗作在《唐才子传》传世。

这是一首咏古七言绝句，作者写了东汉初年隐士严光（字子陵）拒封"谏议大夫"之官位一事。诗的首句一"兴"一"宁"赞扬了光武帝刘秀的功绩，恢复发展社会生产，政治清明，国力强盛，史称"光武中兴"。次句中的"浮荣"，即虚荣。光武帝善待功臣，分封三百六十多位功臣为列侯，赐以爵位田宅，高官厚禄，但摘除军政大权。这样反而助长了官僚、名士醉心于利禄的风气，官场风气污浊，所以作者认为是"浮荣"。第三四句中"何事"，为什么、怎么会；"轻"，鄙视；轩冕，代指高官厚禄。据说严光少有高名，与刘秀是同学兼好友，刘秀即位后，有一次他俩同榻而眠，故意把脚搁在刘秀肚子上，似乎目无天子。此句笔锋一转，既是上句的反衬，又与末句是质疑与释疑的关系。写出了严子陵对功名利禄的鄙视，隐姓埋名，独自一人在桐江明月下垂钓的情景。在宋范仲淹《桐庐郡严先生祠堂记》中，"泥涂轩冕，天下孰加焉"一句赞扬了先生视官爵为泥土，天下又有谁比得上呢，说的也是这事。

整首诗赞扬了严子陵淡泊名利，悠游自在，乐于江上垂钓，寄情于富春山水、忘乎于天地之间的情怀，同时又衬托出"富春山水甲天下"的景致。

(匡美林)

富 春

〔唐〕吴融

水送山迎入富春，
一川如画晚晴新。
云低远渡帆来重，
潮落寒沙鸟下频。
未必柳间无谢客，
也应花里有秦人。
严光万古清风在，
不敢停桡更问津。

【赏析】吴融（850—903），字子华，越州山阴（今浙江绍兴）人。僖宗咸通六年（865）开始参加科举，一直到龙纪元年（889）四十岁时才中举。仕途并不顺遂，宦海浮沉，几度受到重用，旋即被贬或流落他乡。

吴融的《富春》诗有两首。一诗唱道："天下有水亦有山，富春山水非人寰。长川不是春来绿，千峰倒影落其间。"把富春江自然风光写得美轮美奂。

这首七律《富春》诗，描绘的是富春江桐庐段如诗如画的自然风光。时值傍晚，天边云低，诗人乘船过桐庐，但见山水相迎，景色如画。夕照映江流东去，往来的船只穿梭而行，大潮已经退去，飞鸟频频落到沙洲上来栖息。"谢客"是指南朝刘宋诗人谢灵运。"秦人"是桃花源里人的代称，此处指隐士一类的人物。吴融觉得，这里是诗人、隐士的最爱。严子陵钓台，被历代文人视为清高圣洁之地，严光不为利名所动，隐居不出，而诗人自己却在为名利奔波，惭愧得很，所以诗人"不敢停桡更问津"，同时也透露了诗人企望远离俗世、退出仕途、归隐山林的情怀。

吴融的诗歌基本上属于晚唐温庭筠、李商隐一派，多流连光景、艳情酬答之吟唱，较常表现的是个人的乡愁旅思，其诗写来淡泊清疏，含蓄吐露凄凉的韵致。

（王樟松）

严陵钓台

〔唐〕齐己

夫子垂竿处，空江照古台。

无人更如此，白浪自成堆。

鹤静寻僧去，鱼狂入海回。

登临秋值晚，树石尽多苔。

【赏析】先看典故：齐己云游天下的时候，曾拿他的诗作《早梅》向诗人郑谷请教。诗句是："万木冻欲折，孤根暖独回。前村深雪里，昨夜数枝开。风递幽香出，禽窥素艳来。明年犹应律，先发映春台。"郑谷阅读后，笑着说："数枝"非早，不如"一枝"更佳。齐己听后，对郑谷肃然起敬，顶地膜拜。此后，人们便称郑谷为齐己的"一字之师"。

齐己（约860—约937）唐诗僧。俗名胡得生，潭州益阳（今属湖南）人。家境贫寒，父母早逝，七岁就替大沩山寺放牛。齐己性颖悟，常于牛背作小诗，寺僧奇之，劝其出家。先居大沩山同庆寺，后栖衡山东林。酷爱山水名胜，遍游终南、华山和江南各地。一生除精研佛理外，致力于诗歌创作，以诗名于时，留下大量诗作，门人辑为《白莲集》十卷，得八百十篇；又辑《白莲编外集》十卷和诗论《风骚诗格》一卷，是中晚唐与皎然、贯休齐名的三大诗僧之一。《全唐诗》收录其诗作800余首，数量仅次于白居易、杜甫、李白、元稹而居第五位。

这是一首五言律诗，从内容上看，是一首写景抒情诗。齐己云游江南各地，到浙江时，严光的故事早有所闻，于是就专程来桐庐寻访严陵古迹。他在钓台流连盘桓，眼前的景色让他感慨良多，遂作此诗。

首联点题，在严先生垂钓之处，空旷的江面映照着旧时的钓台。颔联和颈联运用四个意象，通过人、浪、鹤、鱼来表现这里的荒凉败落景象。尾联点出了这次登临钓台的时节正值晚秋，因为人迹难寻，所以树上石上全长满青苔。整首诗通过登临严子陵钓台之所见，发现古钓台已无昔日风光，人迹难觅，白浪成堆，鹤静寻僧，鱼狂入海。道出了一种颇为苍凉、沉郁、凝重之情。

（童超贵）

钓　鱼

〔唐〕崔道融

闲钓江鱼不钓名，
瓦瓯斟酒暮山青。
醉头倒向芦花里，
却笑无端犯客星。

【赏析】崔道融，唐代诗人，自号东瓯散人，荆州（今湖北江陵县）人。乾宁进士，初任永嘉县令，后入朝为右补阙。有诗名，工绝句。唐末诗人与司空图、方干为诗友，人称江陵才子。僖宗乾符二年（875），于永嘉山斋集诗500首，辑为《申唐诗》3卷。另有《东浮集》9卷，当为入闽后所作。存诗80首，皆为绝句。其中一些作品较有社会意义，如《西施滩》否定"女人祸水"的传统观念，为西施鸣不平。还有《田上》《寄人》《寒食夜》《牧竖》等诗亦为佳作。崔道融的诗作其风格或清新，或凝重。

诗句由闲钓开首，又直言"不钓名"，展现诗人心如水洗，明静淡远的心境，诗人已然成为一名得道高人，悠然自得，心如明镜。第二句又别有意趣，描绘了作者得闲散时光前来垂钓，一边垂钓，一边用瓦罐来斟酒，尽情畅饮之景。唐代隐者的闲适逍遥已跃然纸上，而他们对超脱世俗的名利观又令人钦羡。第三句极有画面感，诗人畅饮后坐观青山，醉了就睡卧在芦花荡里，一个"倒"字更是写出了诗人的那份随性洒脱。第四句诗人不言自得其乐，却说"犯"客星，"客星"指的是严子陵。诗人躺在芦苇丛里已倏忽入夜，已沉醉其中，连严先生都羡而妒之。这里借严子陵钓台垂钓之典故，体现了诗人效仿严子陵归返自然的放旷闲适之趣，是"摆脱尘机"后的逍遥悠哉。而这与严子陵先生的高风亮节恰是一致。

(蓝春莲)

哭方玄英先生

〔唐〕孙郃

牛斗文星落，
知是先生死。
湖上闻哭声，
门前见弹指。
官无一寸禄，
名传千万里。
死著弊衣裳，
生谁顾朱紫。
我心痛其语，
泪落不能已。
犹喜韦补阙，
扬名荐天子。

【赏析】孙郃，生卒年不详，唐朝末（约906前后）在世，字希韩，浙江台州仙居人。乾宁四年（897）进士及第。《新唐书艺文志》录有《孙氏文纂》四十卷，《孙氏小集》三卷，传于世。

孙郃和方干是忘年交，也可以说是方干门人，亦师亦友的关系。方干一生都浪迹于山水之间，曾到过孙郃的家乡，因喜爱仙居山水，短期寓居过蟠滩板桥，后又回到会稽隐居地。方干死后，孙郃等缀其遗诗三百七十余篇，为十卷，名为《玄英先生诗集》。孙郃还撰有《玄英先生传》。孙郃在《玄英先生传》中称颂方干："先生为诗，高坚峻拔。其秀也，仙蕊于常花；其鸣也，灵鼍于众响。"

《哭玄英先生》一诗的大意是：看到气势很足的文星陨落，诗人方知方干的死讯。镜湖之上全是哭号，家门之前情绪激越。尽管没有一丁点功名利禄，但诗名传千万里。死的时候衣衫褴褛，活着的时候谁管过他朱衣紫绶！诗人心痛不已，泪落不止。欣闻韦庄韦补阙奏请圣上，追赐方干进士及第，让他得以传扬。"身无一寸禄，名传千万里"，是诗人给予方干一生客观高度的评价。

(王樟松)

题严陵钓台

〔唐〕王贞白

山色四时碧,
溪声七里清。
严陵爱此景,
下视汉公卿。
垂钓月初上,
放歌风正轻。
应怜渭滨叟,
匡国正论兵。

【赏析】 王贞白 (875—958)，字有道，号灵溪，信州永丰(今江西省上饶市广丰) 人。常与罗隐、方干、贯休等名士同游唱和，号称"江西四大诗人"。著有《灵溪集》。

乾宁二年 (895) 王贞白中进士，七年后，授校书郎，正式步入仕途。在政治上，王贞白有着鲜明的立场与决心，他在《题严陵钓台》一诗中赞赏严子陵那种"下视汉公卿""高卧不示荣"的风格。

富春山四季青碧，七里滩溪水清丽，严子陵根本看不上"公卿"的富贵荣华，更爱这等美景，作者赞赏其傲视权贵的高尚品格。"渭滨叟"指的是姜子牙，相传姜子牙72岁时垂钓渭水之滨，遇到求贤若渴的周文王姬昌。姬昌认为姜太公是个奇才，请他坐车同归，并拜他为师，从此开始了他兴周灭商的人生道路。"垂钓月初上，放歌风正轻。"但王贞白不认同甚至批评严子陵那种置国家安危而不顾的消极态度。"应怜渭滨叟，匡国正论兵"认为严子陵应该像姜子牙一样出山，治国安邦利济百姓。

(王樟松)

赠方干

〔唐〕可朋

盛名传出自皇州，
一举参差便缩头。
月里岂无攀桂分，
湖中刚爱钓鱼休。
童偷诗藁呈邻叟，
客乞书题谒郡侯。
独泛短舟何限景，
波涛西接洞庭秋。

【赏析】 可朋（885—963），眉州（今四川眉山市）人。20岁在九龙山净众寺（今竹林寺）削发为僧，后任住持。可朋酒量过人，自号醉髡，世称"醉酒诗僧"。有《玉垒集》传世。

可朋好酒善诗，常在酒后借诗抒发情感，陶冶性情，喜云游名山大川，焕发创作激情。与诗僧齐己、贯休及隐士方干等人结为好友。

这首《赠方干》，首联说方干的才名早就从京城传遍文坛，怎么没有入仕就去隐居了呢？中间两联说方干折桂不成悠然垂钓于湖上情景，"童"指方干稚子。"童偷诗藁""客乞书题"像两幅画，前幅尽享天伦，生动有趣；后幅客朋满座，热闹得很。最后一联套用隋朝杨义臣的《遗书睡榻》诗意："独泛扁舟无限景，波涛西接洞庭秋。"可朋只改了两字，既有劝慰之友情，也有为友鸣不平之意，表达出对友人才志难展，无缘折桂的惋惜，也引起诗人对朝廷的不满，对命运的感叹。

（王樟松）

120

秋晚舟泊桐江

〔宋〕赵湘

严子台边水自流，
夕阳无语倚松舟。
乍逢风月羞为客，
及到溪山识尽秋。
移树断蝉初过雨，
立沙孤雁偶过鸥。
乡心旅思何人会，
芦草萧萧一笛幽。

【赏析】赵湘 (959—993)，字叔灵，祖籍南阳，居衢州西安(今浙江衢州)，宋太宗淳化三年 (992) 进士，官庐江尉。淳化四年卒，后追赠司徒。工诗，有《南阳集》。

《秋晚舟泊桐江》这首诗理解的难点在"羞为客"，"羞"在诗句中应理解为"尝到某种滋味"，"羞为客"指的是深深体会到客居他乡的滋味。诗眼是"乡心旅思"，点明诗人主要表达的情感是思乡的心情，羁旅的愁思。

诗歌描写的是秋天傍晚时分子陵江畔的景色，悠悠江水在严子陵钓台下寂寞自在地流淌，夕阳余晖静寂无声地洒落停泊在老松树下的孤舟上。不经意间欣赏到如此美好的景色，心头触动的却是客居他乡的情怀，只有身临这桐江的山水，才能真正感受到浓郁的秋色。一阵秋雨过后，树枝摇晃，蝉声初歇，江心洲上，孤雁栖息，天空中偶尔飞过几只江鸥。怀乡之愁和羁旅之思何人能真正体会，只听那枯黄萧瑟的芦苇丛中传来凄清婉转的笛声。

钓台伫立，江水"自流"，夕阳"无语"，孤舟"倚松"，诗人描写的是一幅江边薄暮时分静谧安详、悠然自在的秋景图，但眼前寂静安详的秋色，反使他倍感孤独和怅惘，触动了客居他乡的愁怀。诗人又将初雨、断蝉、孤雁、江鸥，拉到画面中来，秋色更浓，孤寂更深，诗人直接发出了此时羁旅怀乡之情何人能体会的感叹。正当沉浸在茫茫的愁思当中，远处传来凄清婉转的笛声，循声望去，只见一片枯黄萧瑟的芦苇，这乡愁拉得更远更深了，深深沁入每位读者的心头。

(杨建丽)

122

题严子陵祠堂

〔宋〕胡则

占断烟波七里滩，渔蓑轻拂汉衣冠。

高踪磨出云涯碧，清节照开秋水寒。

泽国几家供庙食，客星千载落云墩。

我来亦有沙洲兴，愿借先生旧钓竿。

【赏析】胡则（963—1039），字子正，婺州永康人。北宋端拱二年登进士，开宋朝八婺科第之先河。他一生在多地为官，宦海沉浮四十余年，力仁政，宽刑狱，减赋税，除弊端，大刀阔斧，任侠仗义。因敢于犯颜直谏，冒死上疏求得诏许永免衢、婺两州身丁钱而被两州百姓感恩戴德，奉为"胡公大帝"。

这是一首咏怀诗，是胡则任职桐庐期间所作。

在众多的以歌颂严子陵高风亮节为主题的诗作中，胡则的这首《题严子陵祠堂》读来骨清神峻，淡雅质朴，以平实的语言表述自己对先生的景仰之情，水到渠成，毫不做作，从而有种打动人心的魅力。

诗作开头即以淡雅的水墨画笔调描绘了烟波浩渺的七里滩，想象先生于烟雾朦胧中披蓑戴笠，端坐垂钓，画面唯美而清冷。即便是在咏叹先生的"高踪"与"清节"时，诗人也没有像一般的咏怀诗那样浓墨重彩地渲染，而是用"云涯碧""秋水寒"等冷色调词语让自己对先生的景仰和钦慕之情如一泓清泉自然流出，这种情感是最真实的，也是最本色的，所以最能引起读者的共鸣。诗作的尾联两句是全诗的点睛之笔，尤其最后那句"愿借先生旧钓竿"起到了直抒胸臆的效果，以拙朴直白的语言坦率地表露了自己的心声：要做一个像先生这样的人。

诗如其人，诗风即人品。本诗所流露出的质朴、淡雅、自然、率真的诗风，是诗人人品的写照，也是他的为官之道。当年那个站在严先生塑像前感叹"泽国几家供庙食"的胡则之所以在若干年后也会被当作"神"一样"供"在庙堂里，并被冠以"胡公大帝"的美名，这和他刚正仗义、质朴率真的为官之道是分不开的。

(朱柏亚)

严子陵钓台

〔宋〕庞籍

长天杳杳道冥冥，一土孤风达至精。
云若有心应有著，鱼缘轻饵是轻生。
何人楚泽三年放，此地家滩苯里清。
应宿将臣皆列土，未将烟水博功名。

【赏析】 庞籍（988—1063），字醇之，单州成武（今山东成武县）人。宋真宗大中祥符八年进士，曾任黄州司理参军、开封府司法参军、枢密副使、宰相等职。

《严子陵钓台》是作者在瞻仰钓台古迹后，因有感于严子陵淡泊名利、视富贵于浮云的高风亮节，作此诗以表达自己的敬慕之情。

首联如异峰突起，重点写出了严子陵的孤风，在历史长河中已达到极致。"孤风"一词，应该是化用了光武《与子陵书》中"箕山颍水之风"一句，原意是指：唐尧治理天下时，贤士许由躲到箕山隐居，巢父在颍水边弃名洗耳的故事，这里引申为严子陵不事权贵，甘于淡泊的高风。

颔联出句用金刚经"应无所住而生其心"的典故，来反衬严子陵的高风亮节。对句用"鱼缘轻耳"来讽刺那些炙手可热的权贵，整天尔虞我诈、贪得无厌，终将会玩火自焚。

颈联又返回到对严子陵往日的回忆中，当年为躲避权贵，隐居梦泽，后又隐居富春七里滩，并为这一带留下宝贵的精神财富。句中的"梦泽三年放"，《后汉书》有记载：严光，字子陵，会稽余姚人也。少有高名，与光武同游学。及光武即位，乃变名姓，隐身不见。帝思其贤，乃令以物色访之。后齐国上言："有一男子，披羊裘钓泽中。"

尾联贯穿全诗，前后呼应，用对比的手法写出了严子陵的节操：虽然那些功臣名将都得到了凤愿中的疆土爵位，而严子陵依然不为功名所动，甘愿隐居江湖之中。

（范敏）

潇洒桐庐郡十绝

〔宋〕范仲淹

一

潇洒桐庐郡，乌龙山霭中。
使君无一事，心共白云空。

二

潇洒桐庐郡，开轩即解颜。
劳生一何幸，日日面青山。

三

潇洒桐庐郡，全家长道情。
不闻歌舞事，绕舍石泉声。

四

潇洒桐庐郡，公余午睡浓。
人生安乐处，谁复问千钟。

五

潇洒桐庐郡，家家竹隐泉。
令人思杜牧，无处不潺湲。

六

潇洒桐庐郡，春山半是茶。
新雷还好事，惊起雨前芽。

七

潇洒桐庐郡，千家起画楼。
相呼采莲去，笑上木兰舟。

八

潇洒桐庐郡，清潭百丈余。
钓翁应有道，所得是嘉鱼。

九

潇洒桐庐郡，身闲性亦灵。
降真香一炷，欲老悟黄庭。

十

潇洒桐庐郡，严陵旧钓台。
江山如不胜，光武肯教来。

【赏析】范仲淹（989—1052），字希文，苏州吴县（今江苏苏州）人。大中祥符八年（1015）进士。北宋著名思想家、政治家、文学家、军事家。曾任睦州（桐庐郡）知州。

范仲淹曾于1034年出任睦州知州，期间他共写下了数十篇诗文，其中最有影响的就是《桐庐郡严先生祠堂记》和组诗《潇洒桐庐郡十绝》。

第一首：潇洒桐庐郡，看到乌龙山处于薄薄的雾霭之中，让你感到闲无一事，心情仿佛和白云融为一体，潇洒空灵。这是整组诗的灵魂。诗中借景抒情，表达了"使君无一事，心共白云空"的潇洒心情。正是因为范仲淹具有这种心情，因而在他眼里，青山、石泉、春茶、嘉鱼、钓台等景物与全家道情、午睡正浓、居家怀古、舟中采莲、进香悟经等事情无一不潇洒。

第二首：潇洒桐庐郡，打开门窗立刻就面露喜色；辛劳一生的人们是多么幸福啊，能够每天面对绵绵青山。桐庐郡本来就是一处多山的丘陵地带，奇山异水，天下独绝。仁者乐山，平民百姓又何尝不乐山呢？这首诗将人和山融为一体，身临其境，心中自然潇洒自如。

第三首：潇洒桐庐郡，全家老少一起经常相聚谈论，此情此景，其乐融融；两耳不必听那歌舞之乐事，只需听听环绕房舍潺潺流过山石的泉水声就足够了。诗后原有自注："乌龙山泉，实过公署。"显然写的是范仲淹在桐庐郡的居家生活。这首诗写得极具人情味，是一幅家庭和睦图，充满着天伦之乐的幸福与潇洒。诗中所写的居家生活是平淡宁静的，但正是诗人心中想要追求的。

（禾木）

第四首：潇洒桐庐郡，公余时间，中午睡意正浓，那就尽情地睡吧。人生有如此安乐之时之处，谁还再去问有无优厚的俸禄呢？这首诗是以小见大，连公余午睡酣浓也能入诗，表明作者的淡泊心境。其实也从侧面反映了桐庐郡环境之美。"谁复问千钟"的感慨与郁达夫坐在桐君山的石凳上发出的感叹异曲同工，"尚使我若能在这样的地方结屋读书，以养天年，那还要什么的高官厚禄，还要什么的浮名虚誉哩？""人生安乐处，谁复问千钟"，这是何等的潇洒豪迈。

第五首：潇洒桐庐郡，家家房前屋后竹林隐藏着泉水，叫人思念起杜牧所写的"无处不潺湲"的诗句。杜牧乃唐朝诗人，曾做睦州太守，写有《睦州四韵》，其中一首有"有家皆掩映，无处不潺湲"二句。这首诗写的是桐庐郡人的居住环境，家家房屋都掩映在竹林之中，屋旁还有泉水潺潺流过，多么宁静安详。文人们"宁可食无肉，不可居无竹"的潇洒心态仿佛也在这里得到了体现。

第六首：潇洒桐庐郡，春季来临，漫山遍野多半是茶树，新雷轻发仿佛做了好事，惊起沉睡一冬的茶树在春雨来临前抽出新芽。这是最为今日桐庐人耳熟能详脍炙人口的一首诗，几乎人人会背。好山必定有好茶，桐庐郡各县均产优质春茶，桐庐县更是主要产茶区。而且桐庐人历来喜品茗，早在唐朝桐庐县城江边就建有多家茶楼，不仅是往来生意人必去的场所，也是桐庐本地人乐意去的地方。唐朝睦州分水人施肩吾状元曾写有一诗，开头两句便是"荥阳郑君游说余，偶因榷茗来桐庐"。榷茗即榷茶，是我国旧时对茶叶实行征税、管制专卖的措施。施肩吾因郑州郑判官的游说，来到桐庐专事"榷茶"，可见当时桐庐茶叶市场的繁荣。"新雷还好事，惊起雨前芽"，人们又要开始采茶、制茶、售茶，而新茶一杯，静心品尝的生活又是多么潇洒惬意。

第七首：潇洒桐庐郡，家家户户仿佛都建起了画中楼阁；人们相呼着一起去采摘莲蓬，嬉笑着登上木兰舟出发。这首诗写得动静结合，在"千家起画楼"的背景下给我们画了一幅充满动感和生活气息的图画。此诗极能激发读者的羡慕之情，桐庐人连劳作也是那么潇洒快乐。

第八首：潇洒桐庐郡，清清的水潭深不可测，仿佛百丈有余。垂钓的渔翁应有独自的门道，他所钓得的都是好鱼。这是一幅渔翁垂钓图，在清潭之畔，坐着静心垂钓的老翁。与其说钓翁是在钓鱼，还不如说是在垂钓休闲生活，这是一种令人称羡的潇洒悠然境界。

第九首：潇洒桐庐郡，身体悠闲性情也很空灵；点上一炷降真香，临老便能领悟到《黄庭经》的真谛。《黄庭经》为道教上清派主要经书之一，内容以七言歌诀讲说道教养生修炼的原理。这首诗本身就给人悠闲空灵的感觉。降真香的丝丝香烟让人心无杂念，在如此宁静安详的环境中，人们自然而然地慢慢会感悟到道教《黄庭经》的真谛。这一份潇洒与逍遥是常人难以企及的。

第十首：潇洒桐庐郡，有一处严子陵遗留下来的钓台。如果这里江山不优美，当初光武帝怎么肯让严子陵来此隐居，垂钓耕作。这首诗写得很高明，诗中巧妙地用反衬手法来极言桐庐江山之胜。短短二十个字就把富春山水的潇洒胜境、严子陵先生归隐其间的自得其乐和汉光武帝的大度气量一并表达了出来，读来让人怀想严子陵和光武帝的潇洒风范。

《潇洒桐庐郡十绝》一咏到底，一气呵成。尤其是开头一句反复出现，气势非凡，给人强烈的视觉冲击力，多入为主，深入人心。这组诗一经问世，人们便争相传诵，"潇洒桐庐"的名声便传扬开去，流传至今。范仲淹也获得了"范桐庐"的别名。

（禾木）

过桐庐

〔宋〕胡宿

两岸山花中有溪，
山花红白偏高低。
灵源忽若乘槎到，
仙洞还同採药迷。
二月辛夷犹未落，
五更鸦舅最先啼。
茶烟渔火遥看处，
一片人家在水西。

【赏析】 胡宿，字武平，谥号文恭，江苏常州晋陵人，北宋重臣，官至枢密副使，曾在宣州、湖州、杭州任职，做过两浙转运使。有《文恭集》，诗文俱佳，胡宿的诗既继承了西昆体传统，又有"盛唐遗响"，在文学史上的影响不可忽视。

《过桐庐》这首诗，首联和颔联描绘了富春江如画的春景：两岸山花簇拥下的溪水，漫山遍野、高低错落的红白野花，乘着木筏，恍如在人间仙境从流飘荡，仙洞美景使人沉迷，归隐于此的念头油然而生。诗的颈联和尾联描写了桐庐古城和谐繁华的生活：二月玉兰报春繁花未落尽，五更乌白报晓惊梦声声啼，茶坊酒肆热闹喧腾最是人间烟火气，渔船灯火宁静安详又是风韵绝人眼，坐落在桐江西岸的那一片山水人家，远远望去，无论是白天还是晚上，都是一幅明丽雅致的山水画。诗人用白描手法，描绘了山花、溪水、仙洞绝美自然风景，鸦啼、渔火、烟茶祥和的人居生活，把桐庐古城和富春江融为一体，把山水风光和人文风情融为一体，展现了和谐安宁而又美丽繁华的桐庐古城风貌。元诗人方回给予这首诗极高的评价："武平此诗妙甚，八句五十六字，无一字不佳，形容桐庐尽矣。"

（杨建丽）

题子陵钓台

〔宋〕孙沔

旧交为帝不能邀，百尺双台照暮涛。
逸迹已将山共永，清名仍与月争高。
鲁连解难终辞禄，龙伯持倾只钓鳌。
列传古碑言未尽，一滩风竹自萧骚。

【赏析】孙沔，字元规，越州会稽人。中进士第，补赵州司理参军。豪放自由，不守士节，然材猛过人。后以秘书丞为监察御史里行。

这首七言律诗突出体现了宋诗议论化的特点，借物咏怀，用典作比，高度赞美了东汉隐士严子陵不慕富贵，不图名利的思想品德，其情之铿锵如滚滚波涛！

诗从"旧交为帝不能邀"入笔，一个特立独行的铮铮铁骨形象便跃然纸上。严子陵帮好友刘秀起兵成功。刘秀即位后，多次延聘严光，但他隐姓埋名，退居富春山。孙沔身为北宋大臣，居官以才力闻，强直少所惮，对如严子陵一般才华横溢又性情放荡的人自是多一份钦慕之情。

　　东汉故事距今已经十分遥远，严子陵当年耕钓的东西两台，现在被落日的余晖投泻在黄昏的波涛里。子陵不事王侯，其高风亮节已经与这里的山水融在一起了，他的名声也可以与月亮一争高低。"山共永""月争高"，一"永"一"高"，诗人将子陵先生的清风傲骨与山水明月联系在一起，其褒扬之情溢于言表。自然让人想起范仲淹对子陵的赞语："云山苍苍，江水泱泱，先生之风，山高水长！"

　　第三联诗人又宕开一笔，写到战国末期齐国人鲁仲连的故事和龙伯国巨人钓鳌的神话传说。鲁仲连勇敢地解除了赵国邯郸被秦军围困的危险，却拒绝官位；龙伯国巨人持竿只为钓巨鳌。借用这两个典故，委婉地写出刘秀建立中兴汉室的大业，严子陵却像鲁仲连一样推辞爵禄，其盛誉之情难掩其中。

　　"列传古碑言未尽，一滩风竹自萧骚。"钓台陈列着的古碑都在无尽地叙述着他们各自的故事，那一滩萧萧风竹自然逍遥，正如子陵先生的清风傲骨一样刚直有节，但又有多少人能真正理解和追随呢？"自萧骚"三字在赞美之余又有诗人对严子陵的高洁品质少有人理解和追随的寂寥感！

　　这首题咏诗，诗人以严子陵隐居之地钓台为题材，借眼前之物，思接千载，引经据典，赞美了严光如山月清风般的事迹品行，开阖自如，意境浑厚！

（戚丽萍）

钓　台

〔宋〕章岷

乘兴访遗基，扁舟宿烟渚。

水净写天形，山空答人语。

风篁自成韵，霜叶纷如雨。

寒亭暮响清，饥猿夜啼苦。

疑将洞府接，似与人寰阻。

不羡重城中，喧喧听笳鼓。

【赏析】 章岷，字伯镇，浦城（今福建浦城县）人。徙镇江（今属江苏）。仁宗天圣五年进士，官平江军推官。官两浙转运使，后知苏州，又正议大夫。性刚介，有惠政，官终光禄寺卿。据说章岷曾与范仲淹同赋诗，岷诗先就，范仲淹看了后说：“此诗真可压倒元白矣！”可见章岷颇有诗才。

这是一首重在描述钓台景观的五言古诗。全诗写诗人乘兴探访严光钓台遗址，行船停靠在一个烟雾朦胧的小洲上。白昼，水净映天，空山人语，风篁成韵，霜叶如雨；暮夜，寒亭清响，饥猿苦啼。如此景境让诗人似乎觉得自己此时此刻来到了神仙居住的地方，恍惚中与人世隔绝了，他感受到远离都城中喧闹的笳声与鼓声的清寂与惬意，并且十分享受在这种清幽环境中短暂的释放。

二、三、四、五四联对仗工整、音韵和谐、动静结合，且以声衬静。"山空答人语"描写山中空旷寂静看不见人，只听得说话的人语声响，此句与王维的"空山不见人，但闻人语响"异曲同工。一座人迹罕至的空山，一片古木参天的树林，创造了一个空寂幽深的境界。而"风簧自成韵"乃化用谢庄《月赋》："若乃凉夜自凄，风簧成韵。"是指秋风吹动竹林，竹林发出自然动听的音韵。与经霜的树叶在秋风中如下雨般纷纷飘落，声韵与姿态相映成趣，两种情态相得益彰，画面产生了较强的动感效果，使人如临其境，顿生与世隔绝的清寂和逍遥之感。

从诗人一路为官的经历可见他苦心经营立志惠政的抱负，因他个性刚强，遇事有阻应在常理之中，他从封闭污浊、俗事缠身的京都官场脱身，乘兴来到子陵台访古，置身于水净、山空、竹韵、叶雨如此清新雅洁的大自然，真切地产生了钓台如仙境的感受。诗中虽然没有表现出"鸢飞戾天者，望峰息心；经纶世务者，窥谷忘反"那种对功名利禄的鄙弃和对官场政务的极端厌倦之情，却鲜明地表现了诗者"久在樊笼里，复得返自然"的短暂喜悦和解脱的真切情感。

（魏燕芬）

题钓台

〔宋〕邵炳

光武休戈诏子陵，
高台时暂别烟汀。
当时四海皆臣妾，
独有先生占客星。

【赏析】邵炳，以进士授富阳主簿。届满返里，筑白云楼以居。其时，范仲淹任睦州知州，曾以礼相召，邵炳力辞不就。嗣后，以张纲荐于朝，上时政机策三篇，授秘书省校书郎，改知义乌县，不赴任，复还隐居灵岩。人称"白云先生"。

邵炳留下的诗作寥寥，今人对他的诗风了解甚少。此诗语言浅显易懂，直抒胸臆。大意是说，汉光武帝统一天下之后，战事平息，朝野太平，但他深知"打天下易，坐江山难"的道理，需要招揽贤德大才帮助治理国家。得知昔日同学严子陵垂钓富春江，便迫不及待地下诏书，请严子陵入朝辅佐朝廷。严子陵被殷切邀请入京，只是暂时告别了他喜欢的烟雾笼罩下的水边垂钓生涯，在洛阳殿里他和光武帝同宿一榻，并将自己的脚搁到皇帝肚皮上，演了一幕"客星犯帝座"的喜剧，又洒脱地离开了朝廷。可是当时汉光武帝统治了千千万万的人民，天下有谁比得上他呢？"得圣人之时，臣妾亿兆，天下孰加焉？"唯有严子陵视高官如泥土，"独不事王侯，高尚其事"。诗人邵炳赞颂严子陵的高风亮节，也把严子陵当作知己，因而诗人自己也是"范仲淹曾以礼相召，力辞不就"，"改知义乌县，不赴任"，好一个耿直刚正的"白云先生"。

另外，诗人用"臣妾"一词，与严先生"占客星"之对比，突出了严先生的狂奴故态及不慕富贵的高风亮节。这里"臣妾"指的是愿意拥戴统治者的顺民。

邵炳和范仲淹同时代，当时朝廷贤臣众多，但就在这样的盛世，诗人还引严子陵为同调，可见他对隐逸自由的生活何其向往！

诗歌一般以含蓄典雅、意蕴丰富为上品，但此诗饱含诗人对人格独立的急切向往，对严子陵不慕富贵的高风亮节的由衷赞叹，不得不像开闸的洪水，奔泻而下！

（章鸣鸿）

咏严子陵

〔宋〕梅尧臣

不顾万乘主，不屈千户侯。

手澄百金鱼，身被一羊裘。

借问此何耳，心远忘九州。

青山束寒滩，溅浪惊素鸥。

以之为朋亲，安慕乘华辀。

老氏轻璧马，庄生恶牺牛。

终为蕴石玉，敻古辉岩陬。

【赏析】记得小学课本上有一首《陶者》："陶尽门前土，屋上无片瓦。十指不沾泥，鳞鳞居大厦。"这就是北宋诗人梅尧臣所作。

梅尧臣（1002—1060）字圣俞，宣州宣城（今属安徽）人。宣城古称宛陵，世称宛陵先生，北宋著名现实主义诗人。初试不第，以荫补河南主簿。50岁后，于皇祐三年（1051）始得宋仁宗召试，赐同进士出身，为太常博士。以欧阳修荐，为国子监直讲，累迁尚书都官员外郎，故世称"梅直讲""梅都官"。曾参与编撰《新唐书》，并为《孙子兵法》作注，所注为孙子十家著（或十一家著）之一。有《宛陵先生集》60卷，《四部丛刊》影明刊本等。词存二首。

这是一首五言古诗。

诗的开头"万乘主"，这里指"君王"。诗的前四句，以白描的手法，简练地刻画了严子陵不事君王，辞官隐居在富春山水，手执钓竿，身披羊裘的形象。严先生这一形象，诗人不需加任何修饰已是非常完美了。但接着，诗人用一设问，为什么会这样呢？那就是他心存高远吧。"青山束寒滩，溅浪惊素鸥"，这是诗中唯一的景物描写。诗人以对偶、拟人的手法，给人展现了这里的山、滩、浪、鸥，景物宜人。事实上，严先生早已把这里的一切当作自己的亲朋好友了，又怎么会去羡慕那些高官厚禄！全诗最后进入议论，先借用典故，以春秋末年楚国隐士老莱子及庄子作典，赞美之情跃然纸上。你最终是一块蕴玉之石，但你的光辉却永远照亮大地。

纵观全诗，我们可以感受到梅尧臣诗的特点：平易而深刻，细腻而贴切。

（童超贵）

桐庐晚景

〔宋〕元绛

向晚西风急，
扁舟下濑轻。
帆樯挂山影，
鼓吹压潮声。
白鸟烟中没，
斜阳雨外明。
油然五湖意，
浑欲薄功名。

【赏析】元绛（1008—1083），字厚之，钱塘人。北宋大臣、文学家。祖籍南城县东兴乡苏源村（今江西省黎川县荷源乡苏源村）祖父元德昭为五代吴越丞相，遂为钱塘（今浙江杭州）人。生于宋真宗大中祥符元年，生而敏悟，5岁能作诗。以廷试误赋韵，得学究出身。再举登第，调江宁推官。迁江西转运判官，知台州。著有《玉堂集》，《全宋词》存其词2首，《宋诗纪事》存其诗6首。

全诗以《桐庐晚景》为题，以"向晚""扁舟""帆樯""鼓吹""白鸟""斜阳"六景的隐约牵动，抒写了一位远道者游落于桐庐的欣喜之情，"西风急""下濑轻""挂山影""压潮声""烟中没""雨外明"的重轻，写出作者对于桐庐之境独著之心。前句写行之舟到了天色渐晚、西风急吹之时，一个人撑篙驾驶的小船轻轻悠悠地下濑了。这时从船上回望下下落落的码头，船只帆樯林立，山影倒立于水，鼓吹的乐声抑压江边时上时下的潮声。无数白鸟在烟雾中时飞时落，淹没的斜阳又在雨中分外通明亮丽，十分好看。看到这一幕情景，远阔大地之意油然而生，想要把功名看得很薄。

桐庐之晚景，实在是太美了。

（杨东增）

清风阁即事

〔宋〕赵抃

庭有松萝砌有台，
退公聊此远尘埃。
湖音隐隐海门至，
泉势潺潺石缝来。
夜榻衾裯仙梦觉，
晓窗灯火佛书开。
休官不久轻舟去，
喜过严陵旧钓台。

【赏析】清风阁，即清风堂，在严先生祠堂之西。淳祐七年郡守赵沽历重建，为书院之讲堂。富春江水电站建成后，沉入水底。1983年在祠西临水重建，名曰清风轩。

赵抃（1008—1084），北宋名臣，字阅道，号知非子，浙江衢州西安（今衢州市柯城区）人。

诗中写到，庭院中有松萝，台阶上有青苔，让人一望便知此处远离尘埃。这一句读来，与《陋室铭》中的"苔痕上阶绿，草色入帘青"有异曲同工之妙。退休之后，远离朝政，这里的山水便是心灵最好的栖息地。门外有隐隐的湖水之声（也有写作湖水之音的），仿佛到了入海口的地方；另有泉水的声势，仿佛从石缝中汩汩而来。晚上拥着布衾躺在这样的青山绿水中，连睡觉都像是神仙般惬意自在，更何况还有窗外的点点灯火与屋内的几卷佛书相伴。最后作者感慨：离官不久后，坐着轻快的小舟，路过严子陵钓台，想想严子陵这样的古圣贤人物，看看清风阁周围的美景，心情自当是无比喜悦的。

我想，很多时候诗人的气质，便是诗歌的特质。赵抃为政简易明断，时称"铁面御史"；为人淳朴善良，为世人称道。平时以一琴一鹤自随，长厚清修。白天做的事，晚上必定会"衣冠露香以告于天"，虔诚如此，难怪杨准评价他的诗，自有陶渊明的风范：冲淡自然，重名节而轻名利。我想这也是这首诗的过人之处吧！

（吴燕萍）

方氏故居

〔宋〕邵亢

偶分鱼竹到稽山，
处士林泉一望间。
岁月自随流水远，
姓名长与白云闲。
鉴中人去荒遗迹，
溪口僧来写旧颜。
何日放船访岩薮，
吾门高第约跻攀。

【赏析】邵亢,字兴宗,丹阳人。十岁之时已能诵书五千言。赋诗豪纵,为官廉洁。后引疾辞位,累诏不许。亢卒,上赠吏部尚书,谥安简。

《方氏故居》之方氏,乃晚唐诗人方干,一介布衣隐居之士,生称高尚,死谥玄英。

《方氏故居》是一首七言律诗。首联"偶分鱼竹到稽山,处士林泉一望间"简单道出了诗人作此诗的兴致由来。邵亢偶至会稽山,纵目所望,旧时方处士隐居的那片山林和那方鉴湖仿佛一眼就能望见,故而牵动了对晚唐布衣诗人方干的怀念,于是写下了这首《方氏故居》。

"岁月自随流水远""鉴中人去荒遗迹",岁月悠悠如流水,由唐至宋,斯人方干早已白骨成灰,隐居旧迹已是荒草萋萋,物是人非,不复当年。然而纵使斯人已去,他的名姓、他的隐居闲情却印刻在了后人心中,成为一番美谈。"溪口僧来写旧颜",会稽溪口僧悦提笔而作方处士真像严子陵。严子陵,东汉著名隐士,因拒光武帝刘秀之召,拒封"谏议大夫"之官位,而隐于桐庐富春江畔,终日与自然山水相伴,以高台垂钓为乐。无论是终身布衣的方干,抑或是甘于淡泊的严子陵,都是数代文人追慕的典范。

尾联纵声一问"何日放船访岩薮",什么时候能纵船去寻访那山野森林啊?如方干,如严子陵,能寻得那一方隐居之地,落户山野。"吾门高第约跻攀",待寻到那方山野,揣度着"我"也是能攀登得上吧!故《方氏故居》一诗,既是邵亢对晚唐隐士方干的致敬之作,同时也是书写自身隐士之梦的陈言。

(申屠斯)

留题子陵钓台

〔宋〕蔡襄

遁世巢由志，
能忘将相权。
人瞻祠树古，
天作钓台圆。
孤迹千秋外，
遗踪一水边。
清风敦薄俗，
岂是爱林泉。

【赏析】蔡襄生于宋真宗大中祥符五年（1012），家族世居仙游县枫亭驿（福建仙游县），初务农，曾为泉州吏员。蔡襄为官三十余年，不仅政绩显著，在科学文化方面也作出重大贡献，曾撰《荔枝谱》和《茶录》，是世界上最早介绍荔枝的专著，并创制"小龙团"。蔡襄精于书法，正楷端重沉着，行书温淳婉媚，草书参用飞白法，为"宋四家"之一。传世碑刻有《万安桥记》，书迹有《书谢赐卿御书诗》和书札诗稿等。著有诗词370首，诗文清妙；奏议64篇，杂文584篇，收入《蔡忠惠公文集》。宋孝宗淳熙三年（1176）赐谥"忠惠"。

治平二年（1065），宋英宗不纳《国论要目》改革主张，夺其三司使职。蔡襄在朝廷难于容身，请求外任。外任杭州知府。其在杭州任职不到一年，母亲卢氏去世，蔡襄护丧南归，该五言律诗为这期间偶过钓台而写。其认为，严子陵像尧时巢父和许由一样隐居不仕，不屑于将相的权势高位。在千百年后，严子陵曾经的踪迹一直为后人追寻。大家因仰慕其高风亮节，纷纷来到这里瞻仰古祠老树，圆形的石钓矶。但蔡襄认为，大家认为是山水林泉吸引了隐士，这是错误的。其实，隐士是想通过隐退的方式来正风敦俗，扭转不良的政界风气罢了。

(童志萍)

方元英宅

〔宋〕倪天隐

家在严陵钓濑边，
元英处士旧田园。
传将诗句遗风月，
留得云山到子孙。
坟上桂枝虽有恨，
阶前玉树岂无根。
不因贤守存真赏，
安得光华照一门。

【赏析】 倪天隐，博学能文，嘉祐中官至桐庐县丞（相当于副县长），在当地颇有声望，入乡祀。

此诗为作者造访方干故居之后，想起方干被埋没的一生及他的后世子孙的成就有感而发，表达了他对方干的敬仰，同时也流露出深深的惋惜。

诗的开头交代了方元英故居的位置和风光，坐落在一个叫严陵的水边垂钓的地方，他像一个隐士一样生活在自己的家园，享受着田园的风光。元英以他的才华与诗句为时人和后人所传诵，曾经生活过的白云山水也一直传递到后代子孙。"坟上桂枝虽有恨"是以"桂枝"代元英来表达他对自己一生不被用的遗憾，因为他生前没有获得朝廷的赏识，死后自然有所遗憾，但他门前的玉树怎么会没有根呢？意即他的为人品德深深扎根于他的家族中，并得以世代相传。"不因贤守存真赏，安得光华照一门"，他如果没有贤德操守留下为世人所称道的美名，在这么一个小地方的家族里怎么会有后代的人才辈出呢？结尾用假设的反问句"不因""安得"，突出了元英的品德和诗才对后代的影响之大，也流露出作者对方干一生得不到起用而产生的强烈不满之情。

方干一生不仅才华横溢，而且为人耿直，因缺唇而与科举无缘，至死都没有被朝廷所用，自然"坟上桂枝有恨"，科举无望之后就隐居在白云源吟诗作赋为乐，留下数千诗，"诗句遗风月"。后人曾赞扬他"官无一寸禄，名传千万里"。清代诗人袁枚在他的《随园诗话》里录下一个老寒士陈浦的诗句："放眼古今多少恨，可怜身后识方干。"这里包含着多少对方干被埋没的遗憾和对当时腐败朝政的痛恨啊！此诗也正是这种游古伤怀情感的真实流露。

(李军)

子陵钓台

〔宋〕司马光

吾爱严子陵，结庐隐孤亭。

滩头钓明月，光武勃龙兴。

三诏竟不至，万乘枉驾迎。

吁嗟今世人，趋走公卿庭。

缔交亦欢悦，意气颇骄矜。

其如古贤操，松筠耐雪冰。

【赏析】司马光（1019—1086），字君实，号迂叟。陕州夏县(今山西夏县) 涑水乡人，世称涑水先生，北宋政治家、文学家、史学家。历经宋仁宗、英宗、神宗、哲宗四朝的宦海沉浮，而不改率真刚正，勤勉简朴的性情。因与王安石政见不一，离开朝堂退居洛阳十五载，此篇《子陵钓台》应为此时诗作之一。

诗歌首句直率的表情：吾爱严子陵。爱他结庐山林，退隐孤亭的闲情雅趣；爱他富春江滩头反穿裘衣钓明月的超然于世；更爱的应该是子陵在老同学贵为天子之时，"三诏竟不至"的淡泊宁静。严子陵与东汉光武帝刘秀为同窗好友，曾积极帮助刘秀起兵，事成后选择归隐，光武帝不忘同窗之情，不忘其贤，而愿意"万乘"屈尊枉驾相迎。而子陵有自己内心的坚持与坚守，宫廷一聚之后悄然而别。"汉宫威仪如旧日，先生羊裘钓泽中。"（〔元〕俞师鲁《钓台》）李白赞曰："贵贱结交心不移，唯有严陵及光武。"这一段君臣之间的相助相携又彼此成全的情谊，应该是退居洛阳的诗人所爱慕不已的。

然今世之人，可悲可叹，只能"吁嗟"一声。

"趋走公卿庭"，趋炎附势的名利客们，缔结邦交，傲慢自大。一"亦"一"颇"写尽名利客们"欢悦"骄奢张扬之风，也道尽诗人内心的鄙夷憎恶，随后只能哀叹无奈，只能"吁嗟"，只能深吸一口气，长久的哀叹，唉——

"君因卿相隐，我为名利来。羞见先生面，黄昏过钓台。"（元·赵壁《过钓台》），那些拉帮结派者，追名逐利客，相较于严子陵如古圣贤的旷淡之节操，如松如竹之气魄，自然是"羞见先生面"。

"吁嗟"一声，诗人的爱憎之情就如同其率真刚正的性情一般自然流露。退居洛阳的诗人，大赞严子陵之退隐，实是心之所向矣。归隐，应该是历代众多文人内心最温暖而柔软的向往。

（旷发丽）

154

严陵祠堂

〔宋〕王安石

汉庭来见一羊裘，
默默俄归旧钓舟。
迹似磻溪应有待，
世无西伯可能留。
崎岖冯衍才终废，
索寞桓谭道不谋。
勺水果非鳣鲔地，
放身沧海亦何求。

【赏析】王安石（1021—1086），世称王荆公，北宋著名的文学家，列宁称之为"中国十一世纪的改革家"。庆历进士。熙宁三年拜相，主持变法。四年后被罢相。一年后，宋神宗再度起用，旋又罢相。元祐元年，保守派得势，新法皆废。

这是一首七言律诗，从诗题上看似乎全在"钓台"二字上，细看非然。王安石只不过以咏钓台来抒发自己的情感而已。我们可以通过他"拜相""罢相"继而又"拜相""罢相"的经历可知。

本诗用典较多："羊裘"，指严子陵五月披羊裘垂钓于富春山，这里代指严子陵。"蟠溪"又作"磻溪"，指姜子牙直钩钓文王的地方。"西伯"，即西伯侯姬昌。"冯衍"，京兆杜陵人，幼有奇才，博通群书，王莽时，不肯出仕。一生不得志。"桓谭"，东汉名士，官至郡丞，爱好音律，善鼓琴，遍习五经，喜非毁俗儒。

整首诗的意思是：汉天子刘秀派人找到了昔日同窗严子陵，子陵最后默默回到了钓台。钓台一带的风光和磻溪很是相像，但刘秀比不上周文王啊。冯衍才大不被重用，桓谭和我一样不受赏识。我怀才不遇，莫如退身江湖之间，像严先生一样别无他求。

全诗用典精当，信手拈来，对仗工整，寓意深远。

（邱升阳）

题钓台

宋·冯京

渭水尘空绀业倾，
桐江烟老汉风明。
蚤知贤达穷通意，
闲把鱼竿只钓名。

【赏析】冯京（1021—1094），字当世，鄂州江夏（今湖北武昌）人。宋仁宗皇祐元年己丑科状元，是中国1300多年科举史上三元及第的状元之一。当时29岁的冯京，因三元及第而名震京城，更兼其卓尔不群英俊豪迈的外形气质，深得朝廷重臣的青睐，想招他为婿者甚多。最终，时任宰相富弼摘得乘龙快婿，先后将两位千金嫁他为妻，留下了"两娶宰相女，三魁天下元"的千古佳话。冯京的才华与不凡可见一斑。

这首《题钓台》应是冯京游览或经过桐庐时所作。

中国古代史上，自东汉以后，但凡在桐庐任过职或来桐庐旅游过的官员，稍有才情的都会留下几首有关严子陵的诗作，主题大同小异：或赞先生之高风亮节，以示自己效仿之意；或颂先生之不慕荣利，以显自己归隐之心等等。然而，冯京的这首《题钓台》却大不相同，它既未抒情也非咏怀，而是站在旁观者的角度客观地评价了严子陵垂钓这件事情，见解独到，不落俗套，不觉让人眼前一亮。

诗作一开头就把中国历史上最为有名的两位钓者渭水河畔的姜尚和富春江边的严光相提并论：姜太公钓鱼用的是直钩，且不饵而钓，可见太公之意不在鱼，他要钓的是周文王的垂青。果然他这一钓钓来了周室的兴旺发达，也为自己钓来了千古贤名。严子陵钓鱼也一样，他当初在富春江上钓鱼的时候就是因为"一着羊裘"而引起了别人的关注，从而让刘秀知道了他的去处。"当时若着蓑衣去，烟水茫茫何处寻"，如果他当时和其他渔民一样身着蓑衣而不是反披羊裘，那么这茫茫的江水之上又有谁认识他严光呢？可见作为高风亮节之标杆的严光，也难免有沽名钓誉之嫌。

冯京把这两位钓者相提并论并直言他早就看出两位"贤达"之间有相"通"之处，这个相通之处就是"闲把鱼竿只钓名"。观点大胆犀利，可谓一针见血，不禁让人心生感慨：冯京其人，果真卓尔不群啊！

（朱柏亚）

子陵钓台

宋·王存

严公英魄去何之，江上空余旧钓矶。

古木苍烟鸲鹆噪，清波白石鹭鸶飞。

山中秋色香粳熟，垅下朝寒赤鲤肥。

何事夷齐耻周粟，一生憔悴首阳薇。

【赏析】 王存（1023—1101）字正仲，丹阳（今属江苏丹阳县）人，北宋文人，庆历进士，累官吏部尚书。

诗人来到子陵钓台吊古怀人，首联直接提问引入：当年隐居垂钓于此的严子陵的英魂去了哪儿呢？滔滔不绝的富春江边只留下古老的钓石。这一问即刻引发了读者的千古情思：故人仙去，英灵应与山水永存；同时也引出下文诗人对钓台眼前山水景物的描绘。

颔联和颈联有动有静生动形象地描绘了一幅美好的山水秋景画：两岸古木一片苍翠繁盛，处处能听到鸲鹆

159

的噪鸣，浅水澄澈，碧波微漾，白色的石头露出了水面，一只只红嘴长脚的鹭鸶不时腾飞在清浅的溪水之上。山林中秋色深浓，漫山遍野各种植物成熟的香气氤氲扑鼻，田垅之下早晨有阵阵寒意，红色的鲤鱼非常肥壮。郑板桥有诗："共说今年秋稼好，碧湖红稻鲤鱼肥。"意境与此相近。二、三两联诗句以声衬静，动静相合，从视觉、听觉、嗅觉和触觉全方位感受大自然的秋声秋色秋味秋韵，使人如闻其声，如见其色，如临其境，秋的气息扑面而来，秋的形象立体地呈现在读者眼前。暗示读者：身居如此山水圣地、人间仙境，怎思追逐高官厚禄呢！

尾联运用了典故结诗。这是一个商周之交的故事，伯夷、叔齐是商末孤竹君的两个儿子，相传其父遗命要立次子叔齐为继承人。孤竹君死后，叔齐让位给伯夷，伯夷不受，叔齐也不愿登位，先后都逃到周国。周武王伐纣，二人叩马谏阻，谴责周文王以暴易暴。武王灭商后，他们耻食周粟，采薇而食，饿死于首阳山中。历来国人都把他们作为抱节守志的典范。诗人自问：伯夷、叔齐为什么以吃周朝的粮食为耻，靠吃野菜度日，最终饿死在首阳山上呢，就是为了反对暴政，不愿为官，以身殉道。诗人借此表达了对严公不事王侯、视富贵如浮云的高风亮节的赞赏和钦慕之情。结句用典借古抒怀，既使诗歌语言精练，又丰富了内容，还增强了表达的生动和含蓄，具有言简意丰、余韵盎然、耐人寻味的效果。

（魏燕芬）

方干故居

〔宋〕杨杰

千载富春渚，先生家独存。

元英播寰宇，丹桂付儿孙。

文正重高节，子陵同享尊。

泊舟明月夜，重为吊吟魂。

【赏析】杨杰，生卒年不详，字次公，北宋无为人。嘉祐进士。元丰中官太常，一时礼乐之事，皆预讨论。元祐中为礼部员外郎，出知润州，除两浙提点刑狱。自号无为子，著有《无为集》《乐记》。杨杰为当时著名的山水诗人，有许多与名人王安石、苏东坡、欧阳修的唱和之作，可见他们交往甚密。

方干故居，在浙江桐庐县芦茨村。方干（809—888），字雄飞，唐桐庐人。举进士不第，隐居会稽镜湖，终身不仕。没后，宰臣张文蔚奏文人不第者十五人，干其一也，追赐及第。后私谥为玄英先生。《全唐诗》编有方干诗六卷，348首。

杨杰在浙江任上时特地来桐庐芦茨村，拜谒了方干故居。在那千载名胜富春江渚畔、严陵钓台边，时光虽流逝了多年，但方干的旧宅尚存。那青砖黛瓦、白墙小院已斑驳陈旧，诗人在村中及故居旁漫步，这里的一草一木引起他无限的感慨和怀念。由于先生门生们的努力，已把方干的诗稿整理付梓得以传承；由于前朝宰臣张文蔚的努力，使方干得以追赐进士。如今方干的诗名已遍播天下，更有他那些奋发有为的儿孙们相继攀蟾宫折桂枝，科第蝉联光耀门庭，使人钦慕。

北宋名臣范仲淹是尊重节操的高士，他在宋仁宗景祐元年（1034）知睦州时，在严光隐居处修建祠堂，二次访方干故居，赋诗赠之，并绘方干像于严祠东壁，以资景仰，以正风教。由于范文正公的推崇，使方干配享清高的殊荣，并奠定了他在我国文学史上的地位。清风明月之夜，诗人泊舟江渚在那里宿了一宵，这是一个使人难眠之夜。

名人故居是名人生前生活学习的地方，斯人虽逝，但厚重的人文气息永不消退，精神生命之树长青！诗人特来吊吟纪念。清代袁枚诗："放眼古今多少恨，可怜身后识方干。"方干是幸运的，尚能"官无一寸禄，名传千万里"。方干故居是桐庐珍贵的文化遗产。

（王顺庆）

清芬阁

〔宋〕张景修

严子钓台畔，犹闻吟啸声。
荣华付诸弟，潇洒继先生。
自制茶枪嫩，新开酒面清。
红尘不抛罢，那得白云名。

【赏析】清芬阁，历史上桐庐山水间的著名建筑，此阁由北宋进士方楷（方干八世孙）有感于时睦州知府范仲淹赠其诗中赞赏他的先祖方干"幽兰在深处，终日自清芬"之品格的诗句而建，建在白云村（即今芦茨）的溪边。清芬阁建成以后，历朝历代前来拜谒方干的文人墨客不计其数，《严州诗词》中收入从宋朝到清朝以清芬阁为题的诗便有一百余首。张景修的这首《清芬阁》便是其一。

张景修，字敏叔，常州（今属江苏）人。生卒年均不详，约宋哲宗元祐中前后在世。宋英宗治平四年进士。元丰末（1085）为饶州浮梁令。性情潇洒，文章雅正。

此诗为我们描绘了方干故里白云村方干后裔自得其乐的田园生活。诗人行经钓台，心中犹思子陵先生的高风亮节。站在清芬阁中，眼前更是看到了白云先生子弟的潇洒生活。"风雅先生旧宅存，子陵台下白云村，唐朝三百年冠盖，谁聚诗书到远孙。"他们诗书传家，或有功成名就者，"荣华付诸弟，潇洒继先生"，亦竹杖芒鞋，行吟山水间。"自制茶枪嫩，新开酒面清"，此两句特别惹人喜爱。春茶已成，形似枪尖，茶汤清绿鲜嫩，新酒甫开，清冽醇香，正可"把酒话桑麻"。一"嫩"一"清"，白云子弟的乡野自在生活令人向往。诗人品茶品酒，遥想先生当年因形容而仕途无门，愤而归隐鉴湖之畔，如今子弟们诗礼传家后继有人，慨叹先生抛弃了世俗功利心之后，终获"幽兰在深处，终日自清芬"的美誉。全诗语言质朴凝练，娓娓叙来，描述眼前所见，亦抒遥想之情，表现了诗人登临清芬阁时欣喜之情以及对白云先生的崇敬之心。

"至今名字照人目，直与山水为无穷"，清芬阁虽已圮，但今人对白云先生的敬慕终将会如景仰子陵先生的钓台一般存于这苍苍云山，存于这泱泱江水，更存于世人汹汹内心。

（王建英）

164

钓 台

〔宋〕王岩叟

桐江快人眼，江水绿如苔。

一棹中流去，千山两岸来。

风摇黄叶落，潮卷白沙开。

欲问严陵事，云中望钓台。

【赏析】王岩叟（1043—1093），字彦霖，北宋清平人（今山东省临清市），仁宗初，乡贡、省试、廷对皆第一，成为三元及第的状元，时称"三元榜首"，曾任监察御史、侍御史、吏部侍郎等重要官职。一生多才多艺，擅长诗文、书法，同时在史学、经学方面也多有建树，有《大名集》。

此诗描写了诗人舟行江中，顺流而下，远望钓台的情景。诗的前两句，写诗人一路行舟来到桐江，只见桐江景色宜人，令人愉悦。江面风平浪静，江水就像在水面铺了一层青苔一样，绿得发青。"绿如苔"三字，可以想象出江水深、青的特点。接着，江面变得狭窄了，水流也变急了，不必再划船，小舟就顺着水流而去，两岸连绵不断的青山仿佛正迎面向自己走来。一个"来"字，化静为动，把山写活了。五六两句，诗人运用了四个极富表现力的动词，"摇""落""卷""开"，可以想见风力之大，江潮之猛，生动地描绘出江面风起潮涌，江畔叶落沙开的情景。最后诗人借用严子陵钓台垂钓的典故，问自己是不是也想像东汉高士严子陵一样，拒绝封官，隐居垂钓呢？显然不是，一个"望"字足以说明诗人最终并没有使自己走上隐士之路。钓台毕竟只是云中遥"望"而已，否则应该是"小舟从此逝，云中去钓台"了。诗人来到桐江，见眼前江水、江流、江潮之景，想到名垂千古的严子陵在此地隐居，诗人的情绪也由平静喜悦而变得不安不宁了，自己是不是也要做个隐士呢，诗人有了迟疑犹豫，但最终诗人以天下安危为己任，仍选择了回到朝廷中去。

全诗语言生动简练，前六句着重描绘桐江水面不断变化的动态之景，后两句由诗人的一问一望戛然而止。本诗题为《钓台》，其实钓台只是在最后一联点到"望钓台"而已，前后并没有具体的描绘，诗人在此只是借严子陵钓台垂钓的典故，含蓄地表现自己舟行江中经由钓台时复杂微妙的心理变化，从中可以看出诗人忠君爱国、兼济天下的文人情怀。

(陈红华)

方元英先生

〔宋〕张商英

世乱才难偶，
诗工气益清。
自非称国手，
未易得时名。
剑为埋方古，
金因炼更精。
老孙虽显仕，
素有旧家声。

【赏析】张商英（1043—1121），字天觉，蜀州新津（今属四川）人，宋英宗治平二年进士，曾任权监察御史里行、翰林学士、尚书右仆射等职。

《方元英先生》一诗，应该是作者在细读《玄英先生诗集》，以及孙郃撰写的《玄英先生传》后的感作。诗题中的"方元英"指的是晚唐桐庐诗人方干。

这是一首高度评价主人公方干的五言律诗。

该诗首联采用对仗句式，重点写出拥有绝世诗才的方干，只因生于乱世而难展志向。对句写他的诗句之所以清新脱俗、无人可比，原因在于他对诗句创作的精益求精。

颔联作者采用否定句式，写出诗人方干在诗坛上未被"称国手"的原因。大意为：拥有冠绝天下诗才的方干，没有被世人称为"国手"，原因在于他生不逢时。

颈联紧承上联的诗意，进一步渲染了方干诗作的精妙。出句用"埋剑显古"来比喻归隐后的方干，因为潜心研学，从而使自己的诗作达到极致。对句化用荀子《劝学》篇中的"金就砺则利"一句，写出了方干诗句的精绝。这里的"剑"与"金"都指代方干。

尾联着重点出方干的节操。大意是说，方干的子孙相继取得了显赫的名声，都源于那"诗礼传家"的好家风。

（范敏）

168

题石桥

〔宋〕黄裳

跨起虚空亦自然，
几千年度地行仙。
桃花流水春风好，
由此东西是洞天。

【赏析】黄裳（1044—1130）字勉仲，延平（今福建南平）人。宋神宗元丰五年（1082）举进士第一，累官至端明殿学士。

闽仙洞在闽苑山半山腰，为露天半敞开式喀斯特地貌溶洞，此洞多钟乳石，且冬暖夏凉，时人以为仙人所居。

黄裳少时随父，宦游经过桐庐。黄父见这里山川毓秀，民风淳朴，四周环境清幽，景色宜人，是一个安心读书的好地方，就把他寄寓到闽苑禅定院读书。后黄裳隐居闽苑山仙人洞（今闽仙洞）苦读十载。致仕后，黄裳提举临安洞霄宫，受到昔日好友仙洞寺住持惠文和尚邀请，返回闽仙洞，为惠文和尚留下了《闽仙洞》一文以纪念。同时又写下了《闽仙洞十题》。在《闽仙洞十题》诗中，黄裳对昔日隐居地——仙人洞内的石龙、石佛、石鼓、天池、傍洞、巨蟾、碧鸡、青栗等景物一一赋诗歌咏，天桥即是其中一景。

黄裳笃信道家，其诗充满着道家的玄秘之语，其意也只可意会，不可言传，所以不能逐字逐句地去对应解释。诗中天桥横跨闽仙洞顶，为闽仙洞最为显著的一道风景。黄裳认为此天桥是连接人间与仙界之桥，跨过此桥，便可成为地行之仙，逍遥于人世间。他高度赞美了天桥凌空飞架的壮观之姿，人世间虽然桃花流水，春风无限，可有谁知，过此桥之东西便是洞天福地的闽苑仙境呢？知此，莫若黄裳也！

（吴宏伟）

题伯时画严子陵钓滩

〔宋〕黄庭坚

平生久要刘文叔，
不肯为渠作三公。
能令汉家重九鼎，
桐江波上一丝风。

【赏析】黄庭坚（1045—1105），字鲁直，号山谷道人，洪州(今江西省九江市)人。北宋著名文学家、书法家。与张耒、晁补之、秦观都游学于苏轼门下，合称为"苏门四学士"。生前与苏轼齐名，世称"苏黄"。

这是一首题画诗。诗题中"伯时"，指李公麟。李公麟（1049—1106），字伯时，号龙眠居士，北宋著名画家，舒州（今安徽舒城县）人。

"要"者，约也。该诗说严子陵生平早就与光武帝有约在先：光武帝发迹了，他一定不会为光武帝担任三公（"三公"指中国古代朝廷中最尊显的三个官职的合称）。能够使汉家山河像九鼎那么稳重，都是因为桐江上这一根钓丝、一点微风。

诗前两句写严子陵的人品，说他与光武帝刘秀是同窗好友，可是就是不肯为他去做三公，从正面称赞严子陵的高洁。诗不称光武，而称他的字文叔，就是有意把严子陵与光武帝摆在同等地位。后两句转入议论，说能够使汉朝天下像九鼎一样不可撼动，就靠了在桐江上被风吹动的一根钓丝。

此诗由图画所绘，想到严子陵垂钓的史事，顺手由此探幽发微，说明汉代之所以政权稳固，就是因为有严子陵带头，士子们讲究节操，维持了国体。诗把九鼎之重与一丝之轻并举，形成鲜明的对比，给人以深刻的印象。

(邱升阳)

严陵怀古

〔宋〕吴栻

龙衮新天子，
羊裘古野人。
清名在林薮，
高行动星辰。
风月空齐国，
烟霞自富春。
沧浪秋更碧，
不敢濯缨尘。

【赏析】吴栻，生卒年不详，字顾道，瓯宁（今福建建瓯县）人。

这是一首咏古五言律诗，诗人以东汉初年隐士严光不事王侯的典故为题材，赞颂其淡泊名利、超然物外的可贵精神。

首联用一组对比引出怀古之人。"龙衮"与"羊裘"，"新"与"古"，"天子"与"野人"：一个是身着绣有龙纹的天子，一个是反穿羊裘的隐士。

颔联诗人借用"客星犯御座甚急"的典故，盛赞严光之德行。严光具有淡泊名利、不侍王权之清美的声誉与高洁的品行，不仅溢满山林泽薮，也使星辰为之惊动。

颈联从严先生隐居过的齐国与富春两地风景起笔，进一步展现严先生的清名与高行。因为有他的清名与高行，才有了齐国空前的"风月"，明净而浩渺；因为有他的清名与高行，才有了富春的"烟霞"，迷蒙而绚烂。"美不自美，因人而彰"。

尾联把对严先生的景仰之情推向高潮。有道是"沧浪之水清兮，可以濯吾缨"。而诗人却道："沧浪秋更碧，不敢濯缨尘。"青苍色的富春江水，到了秋天更加清澈，清澈到不敢用来濯洗冠缨之尘土。

回读全诗，诗人对严先生的敬仰爱慕之情，随着诗句的起承转合而自然流淌。回想全诗，今天的你我，是会选择如诗人般为仕途辛苦恣睢、劳碌奔波，还是会选择如严先生般超然物外、淡泊洒脱？是否有那么一瞬间也觉得蒙尘太深，不敢用富春江沧浪之水濯冠缨呢？

（旷发丽）

富春行赠范振

〔宋〕晁补之

钱塘江北百里余，
涨沙不复生菰蒲。
沙田老桑出叶黸，
江潮打根根半枯。
八月九月秋风恶，
风高驾潮晚不落。
鼓声冬冬橹咿喔，
争凑富春城下泊。
君家茅屋并城楼，
不出山行不记秋。
越舶吴帆亦何故，
今年明年来复去。

【赏析】晁补之（1053—1110），字无咎，号归来子，济州巨野（今山东巨野）人，为"苏门四学士"之一。其诗在北宋享誉盛名，著有《鸡肋集》《晁氏琴趣外篇》。

诗题中的范振，疑为晁补之好友，应为北宋桐庐人，生平事迹已无考。此诗为记游写景兼抒怀之作。麤（音 cū，今同粗），"百里余""涨沙""江潮打根""八月九月秋风恶，风高驾潮晚不落"等诗句，都营造了高阔辽远的境界，表现了势不可挡的气魄。

诗的大意是："这里距钱塘江尚有百里之遥，因此没有宽阔的江流，也看不到沙洲上长满菰菜和蒲草。然而沙田里的老桑树根粗叶大，常年经受着江潮的拍打，根都半枯了。每当八九月份秋风劲吹，江潮奔涌，直到黄昏，潮头都不曾稍有减弱。在阵阵鼓声中，船橹咿咿喔喔地响着，争先恐后地朝城下的埠头划去靠岸停泊。您家的茅屋看上去离城楼不远，掩映在斑斓的秋色之中。吴越两地的商船不知为何，来来往往，年复一年。"这是一幅典型的北宋富春山居图和吴越商旅图。由此可知，诗人热爱这一带富春山水的情感就自然流露在诗中。

（邱升阳）

登桐君祠堂

〔宋〕杨时

霜染溪枫叶叶丹，
翠鳞浮动汐波闲。
盘盘路转千峰表，
冉冉云扶两腋间。
掠水轻鸥晴自戏，
凌风飞雁暮争还。
结庐姓字无人会，
静对庭阴一解颜。

【赏析】杨时（1053—1135），号龟山。神宗熙宁九年进士。著有《二程粹言》《龟山先生语录》《龟山集》。

本诗写于冬日，其内容为登临桐君祠堂所见所悟。原诗有题注："昔有隐者结庐于此，人问其姓，指桐树示之，故号桐君。"

这是一首七律，诗里写道："溪边的枫树经霜之后叶子片片丹红，翠翠的鱼儿（翠鳞，为鱼的代称，因桐君山一带的树绿水清，鱼儿看去也翠绿了）在晚潮波浪里悠闲浮动。弯弯曲曲的山路在千峰之间绕转，冉冉升起的云朵像扶着我的两腋让我身轻如燕。掠过水面的鸥鸟在晴天嬉戏自如，凌风的飞雁在傍晚争着归巢。结庐桐下的隐者桐君无人能领会他的高风，我静静地对着庭树之阴舒眉开颜。"诗中流露了其内心对上古时代归隐济世的桐君老人的高度认同。

作为一个理学家，杨时注重诗歌的道德教化功能，他既主张诗歌要"贯明道理"，又要求其"自然流出"，这就导致了他的诗作相应地形成言谈义理与吟咏性情两大类型。他把山水景物当作怡情体道的对象，在诗歌创作中坚持"温柔敦厚"的理念，并在自己的创作实践中践行着这一理念。他认为平淡是诗歌的极致。他的多数诗歌（包括本诗）表现出的风貌是：冲淡自然。他的诗歌富有文采和才情，运用了多样的艺术表现手法，讲究严格的对仗，且以押韵为工。

（邱升阳）

钓 台

〔宋〕曹辅

天地何曾着两雄，
蛰龙飞去有冥鸿。
北辰夜动双悬象，
南浦秋归一钓篷。
自昔何人继高躅，
至今兹地仰清风。
悲凉古意谁能尽，
落日江山醉眼中。

【赏析】曹辅（1069—1127），字载德，南剑州沙县（今属福建）人，元符进士，著有《籁鸣集》等传世。

诗题中的"钓台"，即浙江桐庐严子陵钓台，为东汉隐士严子陵垂钓之地。

诗作一开头，作者颇为率真地道出了严子陵与刘秀曾是蛰伏于天下的两位英雄，随着刘秀的称帝和严子陵的隐居，一者成龙而去，一者垂钓富春山。作者在这里将严子陵与刘秀相提并论，足见严子陵在他心目中的地位之高。

颔联用了《后汉书·严光传》中"客星犯帝座甚急"的典故，道出了严子陵的才华虽然被光武帝赏识，并多次请他出来辅佐朝廷。然而，在那些阿谀奉承的权贵们眼里，他依然是眼中钉、肉中刺，不拔不快。因此，他们想出种种花招来为难他，性情孤傲的严子陵终于忍受不了官场上的尔虞我诈，退出官场，隐居富春山。

颈联使用问句的写作手法，问出了自严子陵隐居富春山以来，后人还有谁像他一样视富贵如浮云，淡泊名利，成为一名真正的隐者？看来仕途失意的自己也只能在这里瞻仰清风而已。

尾联作者深深感叹：茫茫红尘，严子陵这种不慕虚荣、回归真我的孤傲品质，又有谁说得清、道得尽它的真意，言下之意也流露出自己不被朝廷重用，抱负难展的悲凉之情。

(范敏)

严陵滩

〔宋〕李纲

世祖龙飞万国朝，
故人依旧隐蓬蒿。
羊裘肯换貂冠贵，
钓石终齐凤阙高。
共宿客星亲帝座，
贻书直气压时豪。
东京臣子多名节，
皆自先生铸此曹。

【赏析】李纲，字伯纪，号梁溪居士，今福建邵武县人，宋徽宗政和二年进士。靖康元年，金兵围逼京城，李纲反对迁都，主张抗金，并登城督战，击退敌军。南渡后，高宗即位，他被起用为尚书右仆射兼中书侍郎，曾上疏议十事，主张抗金复国。后由于投降派得势，他又遭贬斥。李纲是抗金的名臣，死后赠为少师，著有《梁溪集》，其词集名《梁溪词》。

这是一首七言律诗，诗中写道：世祖光武皇帝即位，国家兴盛，天下各国来朝拜，但往日一起游学的友人却埋名隐居在荒野。严光只要自己愿意，高官厚禄富贵显达唾手而得，但他还是选择了在富春山严子陵钓台隐居，这种不慕权贵、不图名利的风骨要比跻身朝廷更受人称颂。严光自在洒脱，不阿谀奉承，与光武帝彻夜长谈，抵足而眠。对待侯霸这样盛气凌人的权贵直接呵斥，"怀仁辅义天下悦，阿谀顺旨要领绝"，正气直压强豪。东汉的臣子多重节操，都是因为先生铸就了如此高风亮节的榜样。这是一首典型的宋代隐逸诗，诗人通过对严光的淡泊名利、不侍王权清名和高行的盛赞，表达了对严先生的敬仰之情，也借此诗表达了退隐之意。李纲因和战之争，多次直言进谏却忠而被谤，内心受挫，报国无门，他在无锡梁溪湖畔营造庭院，以备归隐，希望效仿严先生保持高洁品性。

(陈建丽)

钓 台

〔宋〕李清照

巨舰只缘因利往，
扁舟亦是为名来。
往来有愧先生德，
特地通宵过钓台。

【赏析】李清照（1084—1155）号易安居士，山东省济南章丘人。宋代（南北宋之交）女词人，婉约词派代表，有"千古第一才女"之称。所作词，前期多写其悠闲生活，后期多悲叹身世，情调感伤。形式上善用白描手法，自辟途径，语言清丽。论词强调协律，崇尚典雅，提出词"别是一家"之说，反对以作诗文之法作词。能诗，留存不多，部分篇章感时咏史，情辞慷慨，与其词风不同。

在数以千计题咏严子陵钓台的诗词当中，绝大多数都是正面直接赞扬严子陵先生的，而李清照的这首《钓台》写得别有趣味，它却从侧面歌颂了严先生的高风亮节，真可谓别出心裁。

这是一首七言绝句，短短二十八个字言简意赅。诗的意思是说，乘坐大商船的人往往是因为追求利益而往来于富春江上，坐在一叶扁舟上的人也是为了追求名利而奔波于此。无论是商人还是为官之人，往来于严子陵钓台都有愧于严先生的品德，于是特地悄悄地通宵路过钓台，不敢在此停留。

其实类似的表达在其他的诗中比比皆是，而清朝文人张必敬的一首五言诗更是与李清照此诗一脉相承、异曲同工："公为名利隐，我为名利来。羞见先生面，黄昏过钓台。"

（禾木）

会宴浪石亭

〔宋〕张浚

缙桧相逢在此亭，
一和一战两纷争。
忠良不遂奸雄志，
砥柱中流为此存。

【赏析】张浚（1097—1164），字德远，世称紫岩先生。汉州绵竹（今四川）人。南宋名相，抗金名将。

这首《全宴浪石亭》写于1164年5月，也就是张浚刚刚赋闲之时。为何张浚刚一赋闲就急匆匆赶来桐庐并写下此诗呢？原来只为一个叫王缙的人。

这个王缙就是本诗首句中的"缙"，南宋另一重臣，系桐庐分水人，和张浚同朝为官，也是主战派，敢于直谏。1137年，张浚受累于郦琼兵变，凶多吉少。一干大臣不敢发声，惟王缙仗义执言，奋力为其辩护，虽最终使张浚免了一劫，但王缙自己却因得罪秦桧而被罢官，退归分水，怡然自乐二十余载，于1159年以八十七岁的高龄终老故里。这份恩德对于张浚而言岂能忘怀？故刚一赋闲即匆匆前来，写下这首诗祭拜王缙，以慰感念之情。

王缙生前曾在这座浪石亭和秦桧就抗金事宜各抒政见，面对秦桧淫威，王缙据理力争，毫不妥协。诗人以此事起笔，把两个政见对立的人物拉到了读者面前。"两纷争"则写出了当时辩论的激烈。一"战"一"和"对应一"忠"一"奸"，形成巨大反差，对比效果强烈，以秦桧的叛国嘴脸来反衬王缙的民族气节，突出了"砥柱中流"的主题，也表达了诗人鲜明的爱憎情感。

整首诗语言极为平实，浅显易懂，但情感力透纸背，引人共鸣。此诗之后，浪石亭改名砥如亭，但不幸毁于1969年"七·五"洪灾中，令人扼腕！

（朱柏亚）

竞秀阁

〔宋〕朱翌

辋川遥展右丞图，盘谷中藏李愿居。
龙睡潭深飞客棹，凤鸣枝老结吾庐。
但令蜡屐去前齿，安用鸱夷托后车。
西望子陵三十时，烟云来往问何如。

【赏析】 朱翌（1098—1167），字新仲，号潜山居士，舒州（今安徽潜山县）人。政和进士。南渡后，寓家桐庐，绍兴十一年为中书舍人，忤秦桧，谪居韶州十九年，自号省事老人。存词三首，风格自然清逸，有《潜山集》《猗觉寮杂记》，有词集《潜山诗余》。

竞秀阁，在桐君山上。宣和间毁，绍兴十一年重建。

朱翌在绍兴十一年（1141）担任中书舍人一职，刚正秉直的他，因不愿谄媚秦桧而遭到贬谪。这一天，他来到桐庐桐君山，写下了《竞秀阁》。

诗的大意为：在辋川这个偏僻的地方，右丞相王维展示他的蓝图，实现他的抱负；在太行山下的盘谷中，虽是幽深僻静之地、隐士流连之所，但也深藏着李愿（西平郡王李晟之子）这样的人物。桐君山脚的潭水很深，有龙睡于此，桐君山上的老树枝上有凤凰在鸣叫，而我正结庐在这样美妙的地方。

"蜡屐"，打蜡的木屐，"鸱夷"的典故与伍子胥有关。吴王灭掉越国的时候楛勾践来求和，伍子胥坚决反对。但因小人进谗言，吴王令伍子胥自刎。自刎之前，伍子胥说，请把我的头悬挂到城门上，让我亲眼看着越国怎样吞并吴国。吴王气愤地让人把伍子胥的头用皮革装起来挂在后车上。通过这两个典故，结合当时背景，我们不难看出，在朱昱的世界里，他认为形势所逼，游山玩水未为不可，不必像伍子胥那样宁死也要做个诤臣。站在桐君山往西望，看一看三十里外的隐士严子陵，相互问一问，现在过得怎么样。

这首诗是朱翌被贬谪时所作，但他的意志并无消沉，并没有把隐居山野作为自己人生的终极目标。相反，现在既然不被重用，那我就安心寄情于山水，等到他日时机到来，照样可以报效国家。事实证明，的确如此。秦桧死后，朱翌充秘阁修撰。后知宣州，移平江府，授敷文阁待制，依然施展着他满腹的才华！

（吴燕萍）

泊桐庐分水港

〔宋〕王十朋

何处系归舟，
桐庐旧日游。
港从分水出，
亭瞰合江流。
叠嶂云披絮，
遥天月吐钩。
纷纷钓鱼者，
无复见羊裘。

【赏析】王十朋，宋徽宗政和二年（1112）生于浙江乐清梅溪村，少年时天资颖悟。后因祖父、父亲相继去世，当地又遭金兵洗劫，家境终至败落。王十朋不得不在梅溪设帐授徒以补家用，因他学识渊博，品行端正，他所创办的梅溪书馆闻名遐迩，有学生百余名。由于秦桧把持着科举的取舍大权，王十朋因直言而被排斥。秦桧死后两年的绍兴二十七年（1157）三月，高宗亲自面试进士，他被擢为状元。十朋因力主北伐，遭主和派排斥，这首诗是他离任严州经过桐庐时所写。

这是一首写景诗。前两句以设问的形式写出了他在归程中将船停泊在旧日曾游历过的桐庐分水江码头上。于是，诗人登上了桐君山的亭台，低头俯瞰富春江与分水江两江合流之景，举目遥望，远处相叠的山峦上白云缠绕，仿佛披着棉絮；天边半轮弦月如从云层里吐出的一只挂钩，描写自然景象颇具特色。最后两句，也是写景，更是抒情。在江面上看到众多钓鱼者，但再也无法见到如严子陵那样高风亮节的志士了。

（王顺庆）

题方干旧隐

〔宋〕陈最

百里青山数曲溪，
茂林修竹此高楼。
相寻似访壶中景，
他日重来路不迷。

【赏析】陈最，南宋抗金名将，字季常，生卒年不详。宋宣和三年（1121）考中进士。

方干，谥曰"玄英先生"，字雄飞，唐睦州桐庐人，家住桐庐芦茨（鸬鹚）村白云源。他才高而貌陋唇缺，生性耿直，不媚时俗，不附权贵。因怀才不遇，后来隐居山林，坎坷布衣以终。方干所在的时期，朝廷内忧外患如履薄冰。方干年少时即被称为奇才，他自咸通得名，迄文德，江之南无有及者。其诗以清丽独绝而名甲东南，却屡试不第。殁后十余年，宰臣张文蔚奏名儒不第者五人，请赐一官，以慰其魂，干其一也。他"官无一寸禄，名传千万里"，死后方得殊荣。方干后裔在此地先后出了十八位进士！

宋绍兴九年（1139）稍后，陈最调任礼部侍郎郑刚中的副使，出使金国划定国界。陈最为人忠义正直，面对金使的刁难，他据理力争，怒斥金使的嚣张气焰，最终按协议划界。他与名满天下的岳飞同朝为臣，当时秦桧力主议和，陈最极力反对，秦桧就把陈最调到兴国军担任知军。最终，陈最与岳飞同命，惨遭秦桧杀害。陈最逝后，祀于乡贤祠。

文武双全的陈季常，出于对方干的景仰和惋惜，戎马倥偬之中，万里迢迢一路舟楫骏马，风尘仆仆地来到桐庐白云源寻访方干故里。他看到了白云源"百里青山数曲溪，茂林修竹"，鸬鹚一带风景绝佳，似仙境一般（壶中景）。他面对方干旧像，慨吟此绝句，生怕下次再访一不小心就迷路了。诗中的高楼，当指南宋时方干的祠堂。这首绝句一四句押韵，写得朴素无华，明白如话，一如其人。结合其悲壮一生，读来让人潸然泪下。

（邱升阳）

渔 浦

〔宋〕陆游

桐庐处处是新诗，
渔浦江山天下稀。
安得移家常住此，
随潮入县伴潮归。

【赏析】陆游（1125—1210），字务观，号放翁。越州山阴(今绍兴)人。南宋著名爱国诗人。

陆游在晚年61岁时出知严州，其间他曾多次到访桐庐，写下20余首吟咏桐庐的诗词。其中在《桐江行》中他写道："我来桐江今几时，面骨峥嵘鬓如雪。"在另一首《桐庐县泛舟东归》中又说："桐江艇子去乘月，笠泽老翁归放慵。"可见这位老翁对桐庐山水情有独钟。这在《渔浦》这首诗中更是表露无遗。

诗的开头直言"桐庐处处是新诗"，对桐庐山水到处如诗如画表达了由衷的赞叹。而其中渔浦的江山更是天下稀有。"渔浦"指江河边打鱼的出入口。据《桐庐县志》载：桐庐江南有渔浦。但没有具体指何处。陆游的渔浦显然指的是桐庐县境内，大概在窄溪一带，这样后两句："怎么才能把家迁移过来常住此地，随着潮水进入县城又伴着潮落回到此地"才说得通。另外，与陆游同列"中兴四大诗人"的范成大，有一首名为《泊桐江谒严子陵祠》的诗中有一句"一席饱风渔浦阔，千山封雪钓台高"，其中的渔浦毫无疑问在桐庐县境内。

（禾木）

舟过桐庐三首（其一）

〔宋〕杨万里

潇洒桐庐县，
寒江缭一湾。
朱楼隔绿柳，
白塔映青山。
稚子挑窗出，
舟人买菜还。
峰头好亭子，
不得一跻攀。

【赏析】杨万里（1127—1206），字廷秀，号诚斋。吉州吉水(今江西省吉水县黄桥镇湴塘村）人。南宋著名政治家、文学家、爱国诗人，与陆游、尤袤、范成大并称"南宋四大家"。杨万里一生作诗两万多首，现存诗四千二百首，著有诗文全集《诚斋集》，共收录诗文一百三十三卷。他的诗歌大部分抒写爱国忧民的情怀，反映民间疾苦，也有大量描写自然景物的诗歌。

杨万里的诗自成一家，创造了独具特色的"诚斋体"。《舟过桐庐三首》（其一）充分体现了"诚斋体"的特点：即善于捕捉稍纵即逝的情趣，用平易浅近、风趣幽默的语言表达出来，描写生动逼真，情感真挚浓厚，意趣生动盎然。这首诗，写的是诗人从富春江上乘船经过桐庐境内桐君山一带时的所见之景。描写了桐庐寒江白塔、朱楼绿柳、青山好亭的山水景色，也描写了江畔人家推窗嬉闹的顽皮儿童和船上人家买菜归来的生活场景，还流露了自己不能去山顶看一看美丽亭子的一点遗憾。整首诗展示了色彩鲜明的山水之美，也展示了生动活泼的情趣之美，两者动静结合、融为一体，表达了诗人对桐庐山水美景的赞赏和对闲适生活的向往之情。

（袁素华）

桐庐舟中见山寺

〔宋〕朱熹

一山云水拥禅居，
万里江楼绕屋除。
行色匆匆吾正尔，
春风处处子何如？
江湖此去随沤鸟，
粥饭何时共木鱼？
孤塔向人如有意，
他年来借一蘧蒢。

【赏析】朱熹，世称朱文公。祖籍江西，出生于福
建。宋以来最重要的儒学名家，他也是非孔子亲传弟子
而享祀孔庙的唯一人。

朱熹一生好诗，《全宋诗》录有其诗一千多首，只是他在儒学上的成就太大，以至于掩盖了他在诗词上的成就。察其诗作，尤其喜好山水，写下了400多首山水诗，他曾在浙江为官多年，但咏浙江山水的诗，却屈指可数。本诗便是这其中之一。由此可见，桐庐山水在他心目中的地位。

本诗开头作者用骋望遐观的方式，来展现作者眼中风景的宏放气势；用"一"和"万"有强烈对比性的数词，使作者眼里的山水风景更具有可感性和张力。紧接着"行色匆匆"和"春风处处"正是此时赴都参加省试的朱熹的真实写照。这个踌躇满志的少年，在这个春天经历了洞房花烛和金榜题名两件喜事。这是多少读书人梦寐以求的啊。本诗写到"江湖此去随鸥鸟"时，笔锋一转，"鸥鸟"典故出自《列子》，后人常用来表达归隐，淡泊之意。至"粥饭"一句，作者更是直接忆念起僧家的生活。桐庐的山水该有多大的魅力，能让一个意气风发，春风得意的少年，陡然升起归隐此处的念头。

本诗最后，"蘧蒢"一词指用竹或苇编的粗席。作者竟然痴痴地向孤塔做出期愿，希望将来能在此寄情于山水，与僧道为邻，归隐此处。

值得一提的是，朱熹虽然后来没有归隐桐庐，但他确实做到了归隐山林，与僧道为邻，长居武夷山中，谈禅论道，著书立说。这或许是那个春天，那个少年路过桐庐时，种下的种子吧。

（张成金）

游圆通寺

〔宋〕马仲珍

山空不隐响，
一叶落还闻。
龙去遗荒井，
僧归礼白云。
虫丝昏画壁，
岚气湿炉薰。
睡思浑无奈，
茶瓯易策勋。

马世珍，生卒年不详。《宋诗纪事》存其诗。他有《游圆通寺》五首编入清乾隆《桐庐县志》，此其一。此诗吴宗海《〈全宋诗〉遗珠》《严州府志》有收，《全宋诗》未收。

圆通寺，在桐庐县桐君街道舞象山麓。唐会昌中建，初名圣德寺，又名潮音。宋大中祥符七年由宋真宗赐名圆通寺，并手书门额。寺庙未建以前，这里是一片紫竹林。此寺是我国建寺最早的观音道场之一，始建奉观音像。佛曰：圆，无偏缺；通，无障碍。圆通寺因之而名。桐庐圆通禅寺，是两江一湖——富春江、新安江、千岛湖风景名胜区中规模最大的佛教圣地，素有"浙西普陀"之称。圆通禅寺，面临富春江，背倚舞象山，山谷笼翠，岩壑幽奇，梵宫深藏，仿佛是一幅天然画图。这座千年古刹在经历了多次的历史洗礼和岁月磨砺之后，至今仍然佛光普照，大放异彩。

荒井，指寺中"称心"泉。茶瓯，宋代饮酒斗茶的一种标志性茶具。策勋，记功勋于策书之上。

这是一首五律，诗中说道，圆通寺在空山之中，寂静得很，一张树叶落下来都听得到。荒井，白云，寺僧，多么超然的画面。虫丝缠绕在画壁之上，山峦的雾气打湿了熏炉。前面说过，尾联"睡思浑无奈，茶瓯易策勋"中的茶瓯乃古时斗茶器具。吟诵这样的诗句，能让人领悟茶禅一味之意境。最末一句"茶瓯易策勋"，引出禅榻茶瓯之哲思，使人自觉去醒悟去思考。本诗告诉我们，一觉可解万愁，功名利禄都是空的。

（邱升阳）